LA NICHE DE LA HONTE

耻辱龛

Ismail Kadaré

[阿尔巴尼亚] 伊斯梅尔·卡达莱 / 著

吴天楚 / 译

南方出版传媒
花城出版社
中国·广州

图书在版编目（CIP）数据

耻辱龛 /（阿尔巴）卡达莱著；吴天楚译. -- 广州：花城出版社，2015.7（2016.11重印）
（蓝色东欧 / 高兴主编. 第4辑）
ISBN 978-7-5360-7608-2

Ⅰ. ①耻… Ⅱ. ①卡… ②吴… Ⅲ. ①长篇小说－阿尔巴尼亚－现代 Ⅳ. ①I541.45

中国版本图书馆CIP数据核字(2015)第171477号

合同版权登记号：图字19-2013-064号
LA NICHE DE LA HONTE
Copyright © 1984，Librairie Arthème Fayard
All rights reserved

出 版 人：詹秀敏
丛书策划：肖建国　朱燕玲　孙虹
出版统筹：李倩倩
责任编辑：许泽红
技术编辑：薛伟民　凌春梅
装帧设计：棱角视觉 ANGULAR VISION
封面供图：子夏

书　　名	耻辱龛 CHIRUKAN
出版发行	花城出版社 （广州市环市东路水荫路11号）
经　　销	全国新华书店
印　　刷	恒美印务（广州）有限公司 （广州南沙经济技术开发区环市大道南路334号）
开　　本	880毫米×1230毫米 32开
印　　张	7.875　2插页
字　　数	135,000字
版　　次	2015年7月第1版 2016年11月第2次印刷
定　　价	37.00元

本书中文专有出版权归花城出版社独家所有，非经本社同意不得连载、摘编或复制。
如发现印装质量问题，请直接与印刷厂联系调换。
购书热线：020-37604658　37602954
欢迎登陆花城出版社网站：http://www.fcph.com.cn

耻辱宪

目　录
CONTENTS

记忆，阅读，另一种目光（总序）／高兴　／　1
瓮中窥奇：一段帝国往事（中译本前言）／吴天楚　／　1

第一章　在帝国的中心　／　1
第二章　在帝国的边疆　／　20
第三章　在帝国的中心与边疆之间　／　44
第四章　帝国的中心　／　75
第五章　在帝国的边疆　／　96
第六章　依旧在边疆　／　147
第七章　在边疆与中心之间　／　194
第八章　帝国的中心　／　207

记忆,阅读,另一种目光

(总序)

高兴

昆德拉说过:"人的一生注定扎根于前十年中。"我想稍稍修改一下他的说法:"人的一生注定扎根于童年和少年中。"童年和少年确定内心的基调,影响一生的基本走向。

不得不承认,二十世纪五六十年代出生的人都有着不同程度的俄罗斯情结和东欧情结。这与我们的成长有关,与我们的童年、少年和青春岁月有关。而那段岁月中,电影,尤其是露天电影又有着怎样重要的影响。那时,少有的几部外国电影便是最最好看的电影,它们大多来自东欧国家,几乎吸引了所有人的目光,是我们童年的节日。在某种意义上,甚至可以说,它们还是我们的艺术启蒙和人生启蒙,构成童年最温馨、最美好和最结实的部分。

还有电影中的台词和暗号。你怎能忘记那些台词和暗号。它们已成为我们青春的经典。最最难忘的是《瓦尔特保卫萨拉热窝》。"'空气在颤抖,仿佛天空在燃烧。''是啊,暴风雨来了。'""看,这座城市,它就是瓦尔特。"简直就是诗歌。是我们接触到的最初的诗歌。那么悲壮有力的诗歌。真正有震撼力的诗歌。诗歌,就这样和英雄主义和浪漫主义,紧紧地连接在了一道。

还有那些柔情的诗歌。裴多菲,爱明内斯库,密茨凯维奇。要知道,在二十世纪七八十年代,读到他们的诗句,绝对会有触电般的感觉。而所有这一切,似乎就浓缩成了几粒种子,在内心深处生根,发芽,成长为东欧情结之树。

然而,时过境迁,我们需要重新打量"东欧"以及"东欧文学"这一概念。严格来说,"东欧"是个政治概念,也是个历史概念。过去,它主要指波兰、捷克斯洛伐克、匈牙利、罗马尼亚、保加利亚、南斯拉夫、阿尔巴尼亚七个国家。因此,在当时,"东欧文学"也就是指上述七个国家的文学。这七个国家,加上原先的东德,都曾经是以苏联为首的华沙条约组织的成员。

一九八九年底,东欧发生剧变。此后,苏联解体,华沙条约组织解散,捷克和斯洛伐克分离,南斯拉夫各共和国相继独立,所有这些都在不断改变着"东欧"这一概念。而实际情况是,波兰、捷克、匈牙利、罗马尼亚等国家甚至都不再愿意被称为东欧国家,它们更愿意被称为中欧或中南欧国家。同样,不少上述国家的作家也竭力抵制和否定这一概念。在他们看来,东欧是个高度政治化、笼统化的概念,对文学定位和评判,不太有利。这是一种微妙的姿态。在这种姿态中,民族自尊心也发挥着不可估量的作用。

但在中国,"东欧"和"东欧文学"这一概念早已深入人心,有广泛的群众和读者基础,有一定的号召力和亲和力。因此,继续使用"东欧"和"东欧文学"这一概念,我觉得无可厚非,有利于研究、译介和推广这些特定国家的文学作品。事实上,欧美一些大学、研究中心也还在继续使用这一概念。只不过,今日,当我们提到这一概念,涉及的就不仅仅是七个国家,而应该包含更多的国家:立陶宛、摩尔多瓦等独联体国家,还有波黑、克罗地亚、斯洛文尼亚、塞尔维亚、黑山等从南斯拉夫联盟独立出来的国家。我们之所以还能把它们作为一个整体来谈论,是因为它们有着太多的共同点:都是欧洲弱小国家,历史上都曾不断遭受侵略、瓜分、吞并和异族统治,都曾把民族复兴当作最高目标,都是到了十九世纪末二十世纪初才相继获得独立,或得到统一,第二次世界大战后都走过一段相同或相似的社会主义道路,一九八九年后又相继推翻了共产党政权,走上了资本主义发展道路。之后,又几乎都把加入北约、进入欧盟当作国家政策的重中之重。这二十年来,发展得都不太顺当,作家和文学都陷入不同程度的困境。用饱经风雨、饱经磨难来形容这些国家,十分恰当。

换一个角度,侵略,瓜分,异族统治,动荡,迁徙,这一切同时也意味着方方面面的影响和交融。甚至可以说,影响和交融,是东欧文化和文学的两个关键词。看一看布拉格吧。生长在布拉格的捷克著名小说家伊凡·克里玛,在谈到自己的城市时,有一种掩饰不住的骄傲:"这是一个神秘的和令人兴奋的城市,有着数十年甚至几个世纪生活在一起的三种文化优异的和富有刺激性的混合,从而创造了一种激发人们创造的空气,即捷克、德国和犹太文化。"①

克里玛又借用被他称作"说德语的布拉格人"乌兹迪尔的笔为我们描绘了一个形象的、感性的、有声有色的布拉格。这是一个具有超民族性的神秘的世界。在这里,你很容易成为一个世界主义者。这里有幽静的小巷、热闹的夜总会、露天舞台、剧院和形形色色的小餐馆、小店铺、小咖啡屋和小酒店。还有无数学生社团和文艺沙龙。自然也有五花八门的妓院和赌场。布拉格是敞开的,是包容的,是休闲的,是艺术的,是世俗的,有时还是颓废的。

---

① 见伊凡·克里玛《布拉格精神》第44页,崔卫平译,作家出版社1998年版。

布拉格也是一个有着无数伤口的城市。战争、暴力、流亡、占领、起义、颠覆、出卖和解放充满了这个城市的历史。饱经磨难和沧桑，却依然存在，且魅力不减，用克里玛的话说，那是因为它非常结实，有罕见的从灾难中重新恢复的能力，有不屈不挠同时又灵活善变的精神。如果要用一个词来形容布拉格的话，克里玛觉得就是：悖谬。悖谬是布拉格的精神。

或许悖谬恰恰是艺术的福音，是艺术的全部深刻所在。要不然从这里怎会走出如此众多的杰出人物：德沃夏克、雅那切克、斯美塔那、哈谢克、卡夫卡、布洛德、里尔克、塞弗尔特，等等。这一大串的名字就足以让我们对这座中欧古城表示敬意。

布拉格如此，萨拉热窝、华沙、布加勒斯特、克拉科夫、布达佩斯等众多东欧城市，均如此。走进这些城市，你都会看到一道道影响和交融的影子。

在影响和交融中，确立并发出自己的声音，十分重要。不少东欧作家为此做出了开拓性和创造性的贡献。我们不妨将哈谢克和贡布罗维奇当作两个案例，稍加分析。

说到捷克作家哈谢克，我们会想起他的代表作《好兵帅克》。以往，谈论这部作品，人们往往仅仅停留于政治性评价。这不够全面，也容易流于庸俗。《好兵帅克》几乎没有什么中心情节，有的只是一堆零碎的琐事，有的只是帅克闹出的一个又一个的乱子，有的只是幽默和讽刺。可以说，幽默和讽刺是哈谢克的基本语调。正是在幽默和讽刺中，战争变成了一个喜剧大舞台，帅克变成了一个喜剧大明星，一个典型的"反英雄"。看得出，哈谢克在写帅克的时候，并没有考虑什么文学的严肃性。很大程度上，他恰恰要打破文学的严肃性和神圣感。他就想让大家哈哈一笑。至于笑过之后的感悟，那就是读者自己的事情了。这种轻松的姿态反而让他彻底放开了。借用帅克这一人物，哈谢克把皇帝、奥匈帝国、密探、将军、走狗等等统统给骂了。他骂得很过瘾，很解气，很痛快。读者，尤其是捷克读者，读得也很过瘾,很解气,很痛快。幽默和讽刺于是又变成了一件有力的武器,特别适用于捷克这么一个弱小的民族。哈谢克最大的贡献也正在于此:为捷克民族和捷克文学找到了一种声音,确立了一种传统。

而波兰作家贡布罗维奇与哈谢克不同,恰恰是以反传统而引起世人瞩目的。他坚决主张让文学独立自主。在二十世纪三四十年代,贡布罗维奇的作品在波兰文坛显得格外怪异离谱,他的文字往往夸张扭曲,人物常常是漫画式的,他们随时都受到外界的侵扰和威胁,内心充满了不安和恐惧,像一群长不大的孩子。作家并不依靠完整的故事情节,而是主要通过人物荒诞怪僻的行为,表现社会的混乱、荒谬和丑恶,表现外部世界对人性的影响和摧残,表现人类的无奈和异化以及人际关系的异常和紧张。长篇小说《费尔迪杜凯》就充分体现出了他的艺术个性和创作特色。

捷克的赫拉巴尔、昆德拉、克里玛、霍朗,波兰的米沃什、赫贝特、希姆博尔斯卡,罗马尼亚的埃里亚德、索雷斯库、齐奥朗,匈牙利的凯尔泰斯、艾什特哈兹,塞尔维亚的帕维奇、波帕,阿尔巴尼亚的卡达莱……如此具有独特风格和魅力的当代东欧作家实在是不胜枚举。

某种程度上,东欧曾经高度政治化的现实,以及多灾多难的痛苦经历,恰好为文学和文学家提供了特别的土壤。没有捷克经历,昆德拉不可能成为现在的昆德拉,不可能写出《可笑的爱》《玩笑》《不朽》和《难以承受的存在之轻》这样独特的杰作。没有波兰经历,米沃什也不可能成为我们所熟悉的将道德感同诗意紧密融合的诗歌大师。但另一方面,需要注意的是,由于语言的局限以及话语权的控制,东欧文学也极易被涂上浓郁的意识形态色彩。应该承认,恰恰是意识形态色彩成全了不少作家的声名。昆德拉如此。卡达莱如此。马内阿如此。赫尔塔·米勒亦如此。我们在阅读和研究这些作家时,需要格外地警惕。过分地强调政治性,有可能会忽略他们的艺术性和丰富性。而过分地强调艺术性,又有可能会看不到他们的政治性和复杂性。如何客观地、准确地认识和评价他们，同样需要我们的敏感和平衡。

一个美国作家，一个英国作家，或一个法国作家，在写出一部作品时，就已自然而然地拥有了世界各地广大的读者，因而，不管自觉与否，他，或她，很容易获得一种语言和心理上的优越感和骄傲感。这种感觉东欧作家难以体会。有抱负的东欧作家往往会生出一种紧迫感和危机感。他们要用尽全力将弱势转化为优势。昆德拉就反复强调，身处小国，你"要么做一个可怜的、眼光狭窄的人"，要么成为一个广闻博识的"世界性的人"。别无选择，有时，恰恰是最好的选择。因此，东欧作家大多会自觉地"同其他诗人，其他世界，和其他传统相遇"（萨拉蒙语）。昆德拉、米沃什、齐奥朗、贡布罗维奇、赫贝特、卡达莱、萨拉蒙等等东欧作家都最终成为"世界性的人"。

关注东欧文学，我们会发现，不少作家，基本上，都在出走后，都在定居那些发达国家后，才获得一定的国际声誉。贡布罗维奇、昆德拉、齐奥朗、埃里亚德、扎加耶夫斯基、米沃什、马内阿、史沃克莱茨基等等都属于这样的情形。各种各样的原因，让他们选择了出走。生活和写作环境、意识形态原因、文学抱负、机缘等，都有。再说，东欧国家都是小国，读者有限，天地有限。

在走和留之间，这基本上是所有东欧作家都会面临的问题。因此，我们谈论东欧文学，实际上，也就是在谈论两部分东欧文学：海外东欧文学和本土东欧文学。它们缺一不可，已成为一种事实。

在我国，东欧文学译介一直处于某种"非正常状态"。正是由于这种"非正常状态"，在很长一段岁月里，东欧文学被染上了太多的艺术之外的色彩。直至今日，东欧文学还依然更多地让人想到那些红色经典。阿尔巴尼亚的反法西斯电影，捷克作家伏契克的《绞刑架下的报告》，保加利亚的革命文学，都是典型的例子。红色经典当然是东欧文学的组成部分，这毫无疑义。我个人阅读某些红色经典作品时，曾深受感动。但需要指出的是，红色经典并不是东欧文学的全部。若认为红色经典就能代表东欧文学,那实在是种误解和误导,是对东欧文学的狭隘理解和片面认识。因此,用艺术目光重新打量、重新梳理东欧文学已成为一种必须。为了更加客观、全面地翻译和介绍东欧文学,突出东欧文学的艺术性,有必要颠覆一下这一概念。蓝色是流经东欧不少国家的多瑙河的颜色,也是大海和天空的颜色,有广阔和博大的意味。"蓝色东欧"正是旨在让读者看到另一种色彩的东欧文学,看到更加广阔和博大的东欧文学。

二〇一三年十月三十一日定稿于北京

主编简介:高兴,诗人、翻译家,一九六三年出生于江苏省吴江市。中国作家协会会员。现为中国社会科学院外国文学研究所研究员,《世界文学》主编。曾以作家、翻译家、外交官和访问学者身份游历过欧美数十个国家。出版过《米兰·昆德拉传》《东欧文学大花园》《布拉格,那蓝雨中的石子路》等专著和随笔集;主编过《二十世纪外国短篇小说编年·美国卷》(上、下册)、《伊凡·克里玛作品系列》(5卷)、《水怎样开始演奏》、《诗歌中的诗歌》、《小说中的小说》(2卷)等大型图书。主要译著有《梵高》《黛西·米勒》《雅克和他的主人》《可笑的爱》《安娜·布兰迪亚娜诗选》《我的初恋》《索雷斯库诗选》《梦幻宫殿》《托马斯·温茨洛瓦诗选》等。

龛中窥奇： 一段帝国往事

（中译本前言）

吴天楚

《耻辱龛》，一个够魔幻的书名，和卡达莱的其他作品一样。无论是《石头城纪事》《亡军的将领》，还是《三孔桥》《梦幻宫殿》，光看书名，便让人有足够的理由翻开扉页。

这回，故事依旧发生在古老的奥斯曼帝国。十九世纪初叶，帝国内忧外患，大小叛乱此起彼伏。京城中，奥斯曼皇宫的外墙上凿开了一个窟窿，放上一方壁龛。起初没人知道这项工事用意何在，直到一天清晨壁龛里多出一颗人头，人们方知，那是叛臣和败将首级的容身之所。作为小说的"主角"，壁龛有个阴森的名字——耻辱龛。小说开篇，作者就将这个极富象征意义的意象呈现在了读者面前：

不难明白，壁龛为何偏偏修在这里，用来安放叛逆的维齐尔以及失势名流的人头。古老的帝国广场那令人压抑的凝滞与曾欲与之对抗而落地的人头之间的关系，或许再无别处，眼睛能如此轻易地捕捉到。有人猜测，墙上的位置之所以选在这里，是因为从这个角度看，人头闭合的双眼让人感觉它的目光遍及了整个广场。这样一来，就算是最缺乏想象力的行人，哪怕只有一瞬的工夫，也能想见自己的脑袋摆在那儿的感觉。那高度很不寻常：比站着的人稍高，比骑马的人又略矮。

沉闷、阴郁，这就是作者所极力营造的气氛，一种专制帝国的中心所应有的压抑气氛。跟随壁龛守卫阿普杜拉的视角，我们了解到，帝国正在经历一场前所未有的大规模叛乱：阿尔巴尼亚的帕夏阿里·德·特佩雷奈起兵造反，意欲摆脱"高门"的统治。然而，耻辱龛等来的并不是阿里的人头，而是接二连三兵败边疆的帝国将领。情势危急，忽尔希德帕夏踏上了平乱的征途。游戏规则很简单：要么他从阿尔巴尼亚带回阿里的人头，要么，他就把自己的头留在那里。

接着，叙述空间在边疆与帝都之间轮番转换。作者以空间为骨架，以人物为血肉，构筑起了小说的基本脉络：在帝国的边疆，忽尔希德帕夏为了得到阿里的人头而彻夜难眠；在帝国与边疆之间，皇家信使敦吉·哈达对断头诉说着自己无人过问的心事；京城中，壁龛守卫阿普杜拉的新婚生活令他绝望；边疆上，阿里的遗孀瓦西丽姬身不由己……所有的情节都围绕耻辱龛展开，将地位不同、身份各异的人物交织在一起。而借由不同的叙述视角，我们也得以深入这个庞然帝国的内部一探究竟：

近日来，在国家的所有机构中，最热闹的当属印令宫。帝国上下有一百万官员，其中一千四百人的命运与这座宫殿直接相关，他们是帝国里地位最高的官员。……最高官员的任命书都出自这座宫殿,包括维齐尔,大维齐尔,军队的两位总司令,欧亚两大洲的贝伊莱尔贝伊,实行极度恐怖制度、旧称"诅咒之地"的各省总督,昔日被称为"福地"的各自治省总督,实行"咔—咔"制的去民族化地区的执政官,宣布进入例外状态的地区的执政官,所有陆军司令,海军司令(他们也被称为"海之帕夏"),最高使节,国家检察长,以及四大长官:帝国银行行长,中央档案馆馆长,私语宫宫长,以及塔比尔-萨拉伊,也就是梦宫的宫长……

  大小官员不计其数,政府机构划分细致,好一架巧夺天工的国家机器!所有这一切的目的都只有一个,那就是维护帝国中央政府的统治:中央档案馆致力于抹除被帝国吞并民族的记忆,连他们的语言也要一并消灭;私语宫则将八百年来所有帝国公民的窃窃私语都记录在案;梦宫就更神奇了,它负责解析公民的梦境,从中窥探威胁帝国的蛛丝马迹……当然还有耻辱龛,它不属于任何政府机构,却是帝国权威的终极象征。但凡有人威胁到帝国丝毫,无论高低贵贱,都必须献上自己的项上人头。且看忽尔希德帕夏是怎样的下场:纵然他最终砍下了阿里的人头,平复了叛乱,一时风光无限,却因为莫须有的罪名而获罪。就连选择以自尽收场,也依旧难逃被掘坟砍头、身首异处的悲惨命运。面对"铁面无私"的耻辱龛,高贵的忽尔希德帕夏也不过如此,和他的"前辈"布格拉汗一样。或许,这正是作者所想表达的:在代表帝国权威的耻辱龛前,谁都无能为力。

  耻辱龛是一面镜子,折射出极权生态下不同人相异又相似的悲剧命运。同时,个体命运的悲剧性又无不将矛头指向极权统治,其讽喻性和批判性不言而喻。这也是卡达莱的批评家和研究者们一贯津津乐道的话题。不过作为译者,我更愿意以文学的目光来审视卡达莱,抛开政治隐喻的包袱,以直觉性的阅读判断来解读他笔下的《耻辱龛》。

首先,《耻辱龛》所承载的是一份厚重的民族历史。历史是一个民族的血肉,是一个民族的原罪,对于阿尔巴尼亚这样一个历史上饱受磨难的国家更是如此。无论是《亡军将领》《三孔桥》,还是如今呈现在读者面前的《耻辱龛》,卡达莱都将阿尔巴尼亚和奥斯曼帝国的历史纠葛深深烙印在了字里行间。正如布克奖评委会主席约翰·凯里在颁奖词中所说:"伊斯梅尔·卡达莱是一位世界级的作家,他描绘出了完整的文化——包括它的历史,它的热情,它的传说,它的政治和它的灾难。他采用了传统的讲故事的方式进行创作,继承了荷马史诗的叙事传统。"尽管奥斯曼帝国的统治之于阿尔巴尼亚是一段不堪回首的往事,但作者却能从容面对,并源源不断地从中吸取创作灵感。他曾坦言:"吸引我的,是一个无限的、悲剧的、怪诞的、官僚的、极权的奥斯曼帝国——总之,对于文学而言,奥斯曼帝国是一座金矿。"而卡达莱也的确没有辜负这座金矿。在他笔下,《耻辱龛》中的奥斯曼帝国何其生动:森然的政府建筑,复杂的国家机器,疾苦的边疆百姓,叛乱的是非之地……清真寺尖塔、土耳其浴室、苏丹、帕夏,无数异域语汇瞬间将我们带向了那个远在亚细亚西端的古老帝国。而帝国中的一个个人物亦是鲜活而真实的:无论是卑微的壁龛守卫阿普杜拉、与断头为伍的皇家信使敦吉·哈达,还是威震一方的阿里帕夏、征战边疆的忽尔希德帕夏,抑或是阿里年轻的遗孀瓦西丽姬,他们虽然有着截然不同的社会地位,却因为相同的历史境遇,演绎了一出名为"耻辱龛"的悲剧。

值得一提的是,厚重的历史得以鲜活地呈现在文字中,与卡达莱奇绝的笔触是分不开的。在丛书的总序中,高兴先生曾这样评价《亡军的将领》:"卡达莱不愧是小说艺术的大师。他如此巧妙而又自然地调动起回忆、对话、暗示、反讽、旁白、沉思、心理描写等手法,始终控制着小说的节奏和气氛,充分展现出战争在人们生活和心理上投下的无边的阴影。"可以毫无疑问地说,《耻辱龛》亦是卡氏小说艺术的集大成者,从其叙述战争的角度我们便可窥见一斑。面对阿尔巴尼亚的民族解放战争，作者并未选择宏大的战争场面展开描写。"广袤的阿尔巴尼亚省风平浪静"，这才是卡达莱绘制的战争图景。比起沙场上的刀光剑影，作者更偏爱对人物心理的剖析：阿普杜拉的无奈、敦吉·哈达的嫉妒、忽尔希德的恐惧、瓦西丽姬的无助……细腻的刻画让人物鲜活，也让读者感同身受。加之叙事空间、时间的交织变换，倒叫人读出了几分新小说的味道。此外，令人称道的还有小说中随处可见的绝妙比喻。在作者笔下，清真寺的尖塔化作了可怜的小人儿，世界变成了巨大的木乃伊，人的思绪像云的影子，苏丹的签名像蝎子的尾针……正是这些略带超现实主义色彩的联想，将我们引向了那个纷乱的世界。

不过在谈卡达莱的小说艺术的同时，我们也必须承认，他作品中的现实性和批判性是一以贯之的。与其说作者是在重构奥斯曼帝国的历史真实，倒不如说他是借奥斯曼帝国之名，影射阿尔巴尼亚之现实。我们禁不住想象，风烛残年的阿里帕夏是否就是现代阿尔巴尼亚的某位官员？书中阿尔巴尼亚与奥斯曼帝国的决裂又有何现实所指？当然，这一切都有待每一位读者展开联想，去解读，去阐释。

最后，作为译者，自然要谈谈翻译。有赖南京大学许钧教授的推荐，承蒙广东花城出版社的厚爱，我有幸成为《耻辱龛》的译者，根据其法译本译成中文。意大利有句谚语，叫"翻译者即叛逆者"。随着翻译的进行，对这句话的体会愈发深刻。翻译原著已然相隔千山万水，更何况是从法文译本转译？所以作为译者，唯有根据对法文的理解去贴近原文，努力还读者一部真实的《耻辱龛》。翻译是"不可为而为之"，我勉力为之，并且尽力为之，纵然折磨，却依旧是幸福的。如今献上拙译，愿读者也能分享这份幸福。

二○一四年十月
于南大仙林

第一章　在帝国的中心

那双眼睛不断遇上行人和游客的目光。游人从四面八方拥向广场,目光与所有流动的人群一样,漫不经心,漫无目标。可一旦瞧见它,所有的目光便凝滞了。突然被它撞上,一双双眼睛仿佛拼命要钻进脑袋深处躲起来,然而一切都是徒劳,它们无处藏身,只得忍受它献上的景状。看到的人大多脸色惨白,有些人觉得恶心,只有极少数人盯着看,目光纹丝不动。那双眼睛透着不屑,说不出是蓝、是灰还是白,其实很难说是什么颜色,因为那远非一种颜色,而是虚空的渺远倒影。

游人们终于移开了目光,继而忙着打听怎么去圣索菲亚大教堂、去苏丹陵、去古老的土耳其浴室、去梦宫。尽管他们问路的口气近乎焦躁,但大多数人并未离去。他们绕着广场转圈,活像落入陷阱的野兽。游人不愿离去,恐怕是因为,这广场虽然不大,却是古老帝国中心最特别的广场之一。墨绿色花岗岩铺就的广场仿佛由青铜浇铸而成。青铜狮头凸显在国家中央档案馆的栅栏间,栅栏边就是档案馆的一侧翼楼,还有苏丹清真寺的铅顶,刻有象形文字的方尖碑——那是几个世纪前征服埃及后带回的战利品,以及帝国的种种标志和象征,清一色由金属制成,最后还有"巨炮之门",门墙上就是耻辱龛。所有这一切都增强了地面给人的坚固印象。在当地的语言中,耻辱龛被称为"千耻石",换句话说,就是"对耻辱的惩罚"。

不难明白,壁龛为何偏偏修在这里,用来安放叛逆的维齐尔①以及失势名流的人头。古老的帝国广场那令人压抑的凝滞与曾欲与之对抗而落地的人头之间的关系,或许再无别处,眼睛能如此轻易地捕捉到。有人猜测,墙上的位置之所以选在这里,是因为从这个角度看,人头闭合的双眼让人感觉它的目光遍及了整个广场。这样一来,就算是最缺乏想象力的行人,哪怕只有一瞬间的工夫,也能想见自己的脑袋摆在那儿的感觉。那高度很不寻常:比站着的人稍高,比骑马的人又略矮。

广场着实给人一种无比坚固的印象。处处都能体会到金属与岩石的交融。壁龛对面有个小咖啡馆,整天都有人在露台上喝咖啡。即使是在这里,金属似乎也刻意

---

① 伊斯兰国家,尤其是奥斯曼帝国对高官大臣的称呼。

现身于饮客们慵懒、亲密的举动中。这回，金属化作桌上的铜咖啡壶和铜水壶，略显笨重。

从前的政府宣令官们常来这儿喝咖啡。或许是因为上了年纪，又或许是因为这个职业所特有的职业病，即失音症的缘故，他们已经退休。咖啡馆老板向耻辱龛的守卫阿普杜拉透露，这些旧吏只谈过去的法令，以及他们从前昭告全国的消息。

早晨，趁着广场尚且冷清，这位壁龛守卫喜欢久久地打量咖啡馆的露台。下班后，他自己也喜欢在一张小桌边坐下。不过他很少这样干，因为医生建议他别喝咖啡。阿普杜拉才三十一岁，他身形瘦弱，四肢颀长，饱受耳鸣的折磨。这病有如一种隐隐的不适感，在他全身弥散。小店卖的咖啡就像广场上其余的一切那样，浓烈极了。尽管如此，阿普杜拉有时仍会冒险点上一杯。他会饶有兴致地在一张桌边坐下，说来奇怪，那张桌子的四周往往坐着那些退任的宣令官。不久前，他们的嗓音尚且震彻窗扉，如今却只能发出可怜的嘎吱声。"不过，"咖啡馆老板说，"据他们透露，过去的法令远比现在的威风，他们自己在履行职务时也更加庄严。现如今，他们的继任者可不这么干。"老板告诉阿普杜拉，这些如今说不出话的宣令官不但记得他们遭到痛苦打击的日子，而且记得他们是在宣读哪条圣旨，甚至哪句话的时候，突然永久失声的。"人呐，就是这样，"他说，"一个个都记仇。他们什么都不会忘记。"

当班的时候，阿普杜拉任凭自己盯着远处的咖啡馆看得出神。这时，他将视线转向了两名哨兵的长矛，他俩日夜在壁龛前站岗放哨。不过这个场景无聊透顶，他也只在广场上空空如也时才看上两眼。相反，当广场上熙熙攘攘时，他喜欢观察人们眼睛的运动，或是行人，或是游客，他们都是头一次与人头面对面。虽然他心知肚明，目睹一颗断头对谁来说都不是家常便饭，可他觉得，看客们脸上流露出的恐惧和不安有些超乎想象。在他看来，最震撼人心的是那双眼睛。这么说并非因为那是死人的眼睛，而是因为看客们与所有人一样，习惯仅仅将眼睛看作人体的一部分。阿普杜拉心想，或许恰恰是身体的缺失，才使断头的眼睛显得比实际更大、更引人注目。

其实他一直笃信，人也一样，往往没有自认为的那么重要。有时候，当黄昏临近，月亮提早在广场上洒下清辉，他甚至觉得，连同他在内的所有人不过是些污秽之物，打破了帝国广场的和谐和威严。虽然已是下班时间，但他迫不及待地想看到空旷的广场，这样一来，他就能自在地凝望月光了。冰凉的月光沐浴着周围的一切，有时，光线斜照在壁龛上，人头便随着天边月亮的高低变换，或面露讥讽，或神情淡漠。他想，当人头如同无用的器官离开躯干和四肢时，它多少就有了些资格，能够出现在广场上那些古老的象征和标志身边。一时间，他被一股想要自我毁灭的狂迷欲望所控制。他感到一股源自内心深处的渴望，渴望摆脱这副由躯干和四肢构成的长方形皮囊，渴望整个儿缩成一颗脑袋。不过这股欲望太模糊，又埋得太深，永远也无法浮出意识的水面。

　　白天，阿普杜拉的脸上永远只有一个表情。于其职业性质而言，这很自然，也本该如此。他必须以某种方式，使他的举止与一成不变的广场相一致。壁龛是此处的主要标志之一，而他是壁龛的守卫，那他的外貌就理应配得上他的职位。可奇怪的是，尽管他离壁龛只有几步之遥，尽管毫无疑问，他是壁龛唯一的守卫，然而却没人注意到他。所有人都目不转睛地盯着壁龛，面露惊色。一股嫉妒之情悄然而来，侵入了守卫的身体。这股情感就像在一个大罐子里，在其余种种情感的包围下被稀释、冲淡。

　　这或许是他第一千次观察广场上的建筑了，仿佛是为了使自己相信，要想无懈可击地站在这些建筑身边，自己差得还远。在他眼里，唯一微不足道、相对轻松的东西也只有埃及方尖碑上的象形文字了。这些象形文字宛如一只只小虫，在贴着石头游走时被突然定住。有时，他恍惚觉得象形文字会忽然活过来，蠕动身躯，仿佛试图永远挣脱岩石与金属的束缚，重回沙漠流浪。不过他极少这样，只有累了才想想；更少见的是，每当精疲力竭时，他便会萌生一股欲望，想像只虫子那样，逃出这个花岗岩的陷阱。

一天早晨，闲逛的行人和成队的游客向广场拥来。他们来自伊斯兰军大街，来自耸立着托克马可汗①纪念柱的十字路口，来自毗邻的新月广场，来自另外三条通向广场的街道。阿普杜拉注视着人们紧张不安的举止，目光纹丝不动。一位游客很大胆，一直走到了壁龛跟前。他的额头布满皱纹，眼睛里倒映出聚精会神的力道。想必他正努力辨认人头下方镌刻的简短铭文。这几行字阿普杜拉烂熟于心："此系维齐尔布格拉汗帕夏②之首级。布格拉汗于征战中蒙羞，为帝国之叛臣、阿尔巴尼亚之旧主阿里·德·特佩雷奈③所败。故吾皇苏丹降下此罪。"

---

① 汗，统治者头衔，又译"可汗"，指部落最高领袖或皇帝，也用作权贵阶层的荣誉称号。
② 帕夏，旧时土耳其对显赫人物的荣誉称号。
③ 特佩雷奈，阿尔巴尼亚南部城市，阿里的出生地。

新月广场的大钟敲了十下。阿普杜拉走上前,将一架木梯靠在壁龛之下的墙上。在一片恐惧和惊愕的低语中,他开始一级一级慢慢地向上爬去。他感到背后的人群正屏息凝神,静静等待。人们窃窃私语:"他要对它做什么,他要对它做什么?"对他来说,这是一天当中最令人陶醉的时刻之一:顷刻间,所有的目光都汇聚在他的身上。当然,他并不能对人头做些什么,甚至无权碰它。他唯一的任务就是检查人头的整体状况,倘若发现异常,便立刻告知医生。

　　阿普杜拉像往常那样避开人头的目光,盯着铜制的小托盘看了几秒。托盘上放着人头,人头的脖子黏在一层薄薄的蜂蜜上。蜂蜜早已凝固。时值十二月间,气温不断下降。阿普杜拉小心翼翼地爬下梯子,始终背对着人群。"他对它做了什么?他对它做了什么?"的低声议论很快就平息了,他又回到了原来的位置上。一时间,行人、游客都向他投来尊敬的目光,可好景不长,又一股人潮拥了过来,他们并未目睹他检查人头的模样。所以一会儿的工夫,人们的注意力就都从他身上移开了。下午四点,这一场景又重新上演。根据规定,冬季每天须检查两次人头,而夏天则是四次。在炎热的月份里,检查工作要棘手得多。隔不了一会儿,阿普杜拉就要在铜盘里小心地撒上冰块和盐。另外,他在冬天只须每周向医生递交两份简短的报告,而到了夏天,他每晚都得留意人头的状况。

  这年夏末(这是他上任以来的头一个夏天),广场迎来了一次全面视察。那几天里,他着实惶恐不安。他不止一次地觉得,自己就要永远丢掉饭碗了,说不定丢掉的还不止是饭碗。负责视察工作的政府委员会十分严苛。托克马可汗柱的守卫被判终身监禁,就因为西面柱基的底部有块锈斑。委员会一行在耻辱龛前驻足良久。当时,壁龛上摆着特拉布宗①的叛徒维齐尔的人头。委员们针对人头铁青的脸色和苍白的眼睛提出了一堆刁钻的问题,就好像执意要找出托词,以便以践踏"人头养护条例"为名,对医生和守卫提出控告。阿普杜拉默不作声,医生则极力辩解,言辞激烈。他向委员们回忆说,即便是在生前,这位维齐尔也是面色苍白,和所有流淌着反抗与背叛的血液的人一样。至于眼睛的颜色(事实上不难发现,眼睛已经开始腐烂了),他则向委员们提到一条古谚,说眼睛乃灵魂之镜,又补充道,依这条谚语所言,要从一个未曾有过灵魂的人眼里寻找颜色,那简直是白费功夫。当然,委员们认为医生的辩白

---

  ① 土耳其地名,位于黑海南岸,历史上曾建立过特拉布宗帝国,后为奥斯曼帝国所灭。

虽不无道理，却难以令人信服。可是，他们又很难否认这些说辞。他们不得不给自己找个体面的台阶下，于是便转而将矛头指向阿普杜拉，对他好一番警告，说一旦出了岔子，就要免他的职。

阿普杜拉觉得，特拉布宗维齐尔的人头对他的职业很不吉利，是个凶兆。直到它最终被从壁龛中取走，并让位于努里帕夏的人头，他才安下心来。努里帕夏是位总督，三十七岁，在他生前，人们因其淡金色的头发和白皙的皮肤而称他为"金发帕夏"。这天晚上，下班之后，阿普杜拉头一回在对面的小咖啡馆里坐下，点了杯咖啡。老板认出他来，毕恭毕敬地招待了他。老板发色暗黄，两只眼睛挨得很近。每当他手持咖啡壶，走近客人的时候，太阳穴就鼓胀起来。除了咖啡，老板还会带来一番特别的闲话，这番闲话自然极了，仿佛与那股黑色液体的细流一道，从咖啡壶嘴里流淌而出。"人尽干坏事，无可救药。"他边往杯子里倒咖啡，边对阿普杜拉说。后来，阿普杜拉听到，他和所有客人聊天的开头几乎都一样。有些人会打个手势，告诉他，他们不想听他说下去；有些人没有任何动作，而是摆出一副冷峻的神情，他的话头也就即刻打住了；还有一些人则暗示他继续，于是他就接着说下去。铜壶嘴终究会流干，而他的话却无穷无尽。"人尽干坏事，"他对阿普杜拉重复道,"瞧他们看断头的样子,咱们倒还相信,断头的眼神让他们不再有任何作恶的念头,不过猜都猜得到,一旦背过身去,他们就只想着干坏事了。"

有一天,阿普杜拉发现,铜咖啡壶和老板的脸之间有某种相似之处。他脸上的某些地方契合了咖啡壶的某些特征,或许是肤色,或许是鼻子的曲线。又或许是他的脸。随着时光的流逝,他的脸开始变得有些像铜咖啡壶了。"要不是这样的话,"在阿普杜拉眼神的鼓舞下,咖啡馆老板说道,"耻辱龛里一个接一个的人头总该让人吸取点儿教训吧?"咖啡的细流停止了流动,可老板的话却没停下。他甚至在阿普杜拉的桌子边坐了一阵子,说他曾跟阿普杜拉的两位前任是朋友。阿普杜拉知道,壁龛建成才没几年。而咖啡馆老板却回忆起动工那天的情形,说得十分详细。他甚至还回忆起宫里的视察专员第一次来广场的日子,他们来回巡视良久,又是量尺寸又是做记号,最后来了两个泥瓦匠,在"巨炮之门"的墙上抡起第一锤,砸下了第一锥。当时没人知道,为何要在历经百年的宫墙上凿开这么个窟窿,就连工人们也弄不明白。即便在完工之后,这个秘密也被严格保守,直到那天早晨。那是冬天里令人难忘的一天(咖啡馆老板说,那时正值十二月,和现在一样),那天早晨,人们发现石龛里放着一颗人头,满头白发。雪花在广场上飞旋,人们说,那颗人头在和天空交谈。

阿普杜拉记得,正是在那个时候,他头一回听说了"分离主义"这个词。现如今,这成了个时髦的词。他甚至在外国游客一闪而过的言谈中听见过这个词。壁龛就是在分离势力抬头的时候被安进墙里的。在国家档案馆的旧有史料中,充斥着外省叛乱的记录,尤其是近些年来,叛乱运动愈演愈烈。帝国是当时的头号强国,地跨三个大洲,囊括了二十九国人民、三十三个民族、四十种语言和四种气候。情况如此错综复杂,自然会有那么几个地区集体造反,就比如阿尔巴尼亚,这片古老的是非之地叛乱都快一年了。阿尔巴尼亚的帕夏,阿里·德·特佩雷奈,是帝国最具实力的维齐尔。在长达四分之一个世纪的密谋叛变后,他终于抛掉面具,点燃了战火。阿普杜拉常听人讨论叛乱之事,甚至参与讨论,可他万万没想到,有一天自己会被任命为"千耻石"的守卫。一切事物,但凡让人想到、说到或散布分离主义,"千耻石"通通都以最离奇的方式使之成为现实。

隔壁广场的大钟敲响了十一点的钟声。广场上几乎全是人。人头攒动,无止无休,让阿普杜拉觉得头晕。他在人群中看见了医生,医生精神抖擞,正朝他走来。今天是他每周例行检查的日子。

"早啊,阿普杜拉!"医生欢快地说。

"早!"阿普杜拉边答应,边鞠了一躬。

"一切还顺利吧?"医生问道,又抬眼看了看壁龛,"你什么时候结婚?"

"下周。"答话间,阿普杜拉觉得自己脸都红了。

"哟!那就没几天啦!"医生说。他摩拳擦掌,一副开心的模样,然后继续说道:"那咱们去看看那个鬼东西?"

"您请便,"阿普杜拉说着,便向壁龛下竖着的木梯走去。手持长矛的哨兵正用眼角瞅着人群。医生麻利地爬上梯子,将箱子放在壁龛中的一角。他朝那颗头看了一眼,然后开始用他训练有素的手指进行触诊,先摸摸太阳穴,又摸摸眼睛下边和喉咙。他边做这些手势,边轻轻地哼着小曲儿。然后他打开箱子,取出一个小瓶和一块药棉。他将药棉放入小瓶所盛的液体中浸湿,开始仔细地擦拭人头上所有被他手指触及过的部位。之后,他又取出另一个更小的瓶子,用滴管在眼角周围滴了几滴这种溶液。事毕,他将小瓶和剩下的药棉放回了箱子,末了发现干瘪褶皱的脸颊一侧留有一滴液体,便擦了擦。他又轻轻拍了拍另一侧的脸颊,动作近乎爱抚,就像在对它说:"你状况良好,什么毛病也没有。"

"好极了!"他一边大声说着,一边做着欢快的手势,爬下了梯子,"再见,阿普杜拉!"

阿普杜拉目送他在人群中远去。其实，就算医生摆出世上最忧郁、最阴森的表情，人们也不会觉得奇怪，倒是他那一脸欢快的神情让人惊讶不已。

阿普杜拉又觉察到了广场上的嗡嗡声，那声音单调乏味、令人眩晕，如同漂在海面上的泡沫小岛，不时翻起词语和句子的碎片。而他则是礁石，被流言的碎片击碎。流言淌过他的眼袋，顺着面颊流下，一直淌到下巴上。阿普杜拉浑身湿透，就像经历了一场雪暴……这是谁的头……头……这是……将军……将……布格拉汗帕夏……将……被阿里帕夏打败……那为什么在……耻辱……壁龛……怎么……因为他打了败仗……可那个阿里……帕夏……阿里·德·特佩雷奈……你怎么说的来着……阿尔巴尼亚省的叛变帕夏……这个省在哪儿？啊！可远了……你没看报纸吗？……在西部边境……边境……帝国不详的边境……你能再说说那个地名么……Shqi①……Shqi……我没听见，太吵了……叫什么来着……

"这个省一定在很远的地方，"阿普杜拉想。他哥哥去年夏天就被派去那儿任职了，至今仍未收到他的任

---

① Shqipëri（阿尔巴尼亚语，意即"阿尔巴尼亚"）一词的前几个字母——法译本注。

何来信。近些日子，因为人头的关系，人们常在广场上谈起阿尔巴尼亚，每当这时，他就不由自主地想起小时候，在菜市场里见过的一根血淋淋的马肋骨。"很远很远的地方，"他重复道，"很远很远的，招来厄运的地方。"达夫贾·托克马可汗，这位军中的传奇英雄，也于四个世纪前在那里丧命，广场上的圆柱正是为了纪念他而立。那的确是个被诅咒的地方。有一天，医生跟他解释说，征服之战从四百五十年前就开始了，足足持续了一个世纪。为了打赢这场仗，多少土耳其人洒下了热血啊！可是此后，为了驯服这片土地，又有更多的人流血牺牲。谁知道今后还会流多少血呢……有时候，阿普杜拉会想，如果帝国像切除赘疣那样，舍弃几块如此庞大的领土，大概就再好不过了。不过他很少这样想，而且每当这种念头在他脑中闪过时，他都会不由自主地用眼睛搜寻铜狮的鬃毛，或是其他用铜打造的象征物。虽说这些物体一动不动，可阿普杜拉却觉得，它们内放光芒，令人生畏。

渐渐地，广场上的嗡嗡声从四面八方包围了他。人们谈论帝国被诅咒的西部边疆，谈论当地起义的阿尔巴尼亚人。"帝国的边境上打起仗来啦，"有人说，"光荣的忽尔希德帕夏正在那儿与叛徒阿里帕夏交战。""帕帝夏①不是要像以前那样出征了吗？什么时候……"
"我一无所知。"一个比萨拉比亚②的苦行僧对另一个苦行僧说："这些阿尔巴尼亚人，就知道抬头造反；他们的头啊，不知不觉地，就能自个儿抬起来。"有人在议论股市上铜价上涨的事，有人在议论新武器的试验，他们就盼着试验在战争期间进行，还有人在议论战争部有可能发生的人事变动。"不用大惊小怪，"一位游客反复对同伴说，"到下个季度，中央银行的货币流通，甚至是帝国大使馆签发的旅游签证，都将直接取决于这场战争的命运。"

  突然，阿普杜拉感觉到广场一贯的嘈杂声中裂开了一条缝。有那么一会儿，广场上空空荡荡，接着，窃窃私语又如同一条条小河，向广场流去。有低声询问"这是谁"的，还有车轮的隆隆作响。"大贵人哈莱特"，"那可是哈莱特啊"，到处都能听见这样的话，阿普杜拉踮起了脚尖，这样看得清楚些。那辆载着高官的车就从离他几步远的地方驶过。

  阿普杜拉打量着那张脸。那脸又窄又长，血管在薄

---

① 对帝王的一种敬称。
② 历史地名，位于欧洲东部德涅斯特河和普鲁特河之间。

薄的皮肤上划出道道蓝线。一道冷漠的帘子将他与周遭乱哄哄的人群截然分开，遮住了他的眼神，遮住了他头靠椅背的独特方式。

阿普杜拉想起了医生说过的话，他说有些人的血不容易凝固。"这样一来，"他说，"就必须在放人头的托盘上的蜂蜜里加点料，条例规定之外的料。"他老是抱怨条例。"是时候了，"他反复说，"也该根据新的科研成果，重新校对条例了！"

"壁龛里独独缺少这样的人头！"阿普杜拉心里一边想着，一边目送马车朝广场的另一头远去。他基本可以肯定，高官哈莱特的那颗血管发青的头就属于医生说的那一类。

"就是他，"一个声音在阿普杜拉的右耳边说，"就是他搜集了针对阿尔巴尼亚的阿里帕夏的怨言，又起草了最终的奏折呈给苏丹。"

阿普杜拉记忆犹新。那天，阿尔巴尼亚帕夏叛乱的事被昭告天下，这条消息在京城引起了不小的反响。圣旨中，阿里帕夏的名号被改成了"卡拉·阿里"，就是"黑暗阿里"的意思。就在同一天，还宣布了展开镇压的决定。他记得，街头巷尾，咖啡馆中，尤其在艺术家和知识分子圈里，到处是窃窃私语，他还记得人们眼中兴奋的神采，每当发生关乎帝国存亡的大事时，这神采便在人们眼中闪现。

哈莱特走后一会儿的工夫,阿普杜拉便感到,广场上的人们已经改变了精神面貌。从他们单调的声音和不断重复的问话中,便能察觉出这一点:这是谁的头?为什么?阿尔巴尼亚在哪儿?忽尔希德帕夏在那儿指挥咱们的军队,铜价,旅游护照……广场就像个不停换水的泳池。含糊不清、来历不明的语流让人瞌睡。这会儿,忽尔希德帕夏正和黑暗阿里那个叛徒交战呢。青铜的价格又要上涨了,青铜的,股市上,铜,铜……铜……

阿普杜拉将视线转向壁龛。应该把阿尔巴尼亚的维齐尔,阿里·德·特佩雷奈的人头放进壁龛,这事刻不容缓。光荣的忽尔希德帕夏已经启程收拾他去了。他现在是当红的英雄。所有报纸都在谈论他。他要么从那儿带回叛徒的人头,要么把自己的头留在那儿,就和两个月前布格拉汗的下场一样。布格拉汗出征阿尔巴尼亚的时候,壁龛还空着。那时候是冬天,初寒刚至。墙壁张着冰冷的大口,一副饥饿的模样。自那时起,这张大口就在等待京城的贵客,阿里帕夏的人头,可等来的,却是败将布格拉汗的首级,由于兵败,皇上下令将他斩首。壁龛依旧冷漠地等着,等待黑暗阿里,或是皇上的宠臣,光荣的忽尔希德。

阿普杜拉大概是第一千次打量那颗人头了。由于斩首的时候，斧头把脖子砍得有些歪，又或许是罪犯本身身体结构的原因，那颗人头微微歪向一边。布格拉汗出征时的情形，阿普杜拉历历在目。当时，这位维齐尔身跨威风的坐骑，如今回想起来，阿普杜拉觉得，布格拉汗的头那时候就有些歪。广场上回荡着战士们的脚步声，巨炮之门和托克马可汗柱上旗帜飘扬，帝国显贵纷纷前来向他致意，宗教学校的学生手持花束，还有临行前的种种演讲，这一切都深深印刻在阿普杜拉的记忆里。不过尤其令他难忘的是，就在布格拉汗帕夏启程的那一刻，他在向人群挥手的同时，回头看了一眼壁龛，随即就移开了视线。在阿普杜拉的印象里，他脸上的表情突然僵住了。两个月之后，在十二月的第一个星期三的早晨，天刚蒙蒙亮，信差敦吉·哈达由医生和两名礼宾官员陪着，带来了败将布格拉汗的人头，要放进壁龛。一瞬间，阿普杜拉首先想到的，就是布格拉汗投向壁龛的那一眼，那时候，壁龛还空着。

　　隔壁的广场上响起了正午的钟声。对面的咖啡馆里坐满了人。天越发得冷了。阿普杜拉站在原地，分明觉察到，咖啡馆的顾客中有些人愁眉不展，正如医生口中所说，是那些"哭丧着脸的老宣令官"。人们在广场的花岗岩路面上转啊，晃啊，没完没了。阿普杜拉知道，如果他在那儿喝上一杯浓咖啡，再来点印度大麻，所有这些人在他眼里都会变得不一样。他已经不止一次有过这样的经历了。人群在他眼中变成了许许多多的身体和脑袋，它们神经质地扭动，就像迫不及待要彼此分开似的。显然，身体和脑袋之间有种由来已久的嫌隙，和这个世界一样。这时，阿普杜拉就会觉得，所有的颈圈、立领、披肩和护颔都是为了防止分离而生，多亏了它们，人类才得以让头和身体一直紧紧地连在一起。不过阿普杜拉观察到，领子和颈圈越是闪耀，金线绣得越繁复（在国家的等级划分中，这是衡量衣主地位的标准），这种分离倾向就越顽固。想到这里，阿普杜拉下意识地伸手摸了摸脖子，他的脖子上仅仅盖着一层衬衣领子。手起手落间，伴着一股伤感，可是，就连这股伤感都黯淡无光，没有色彩，与他生命中其余的一切一样。

第二章　在帝国的边疆

发生暴动的，是阿尔巴尼亚南部的帕夏辖区。此时，辖区内的大多数地方正大雪纷飞。低洼的国土被风吹得结了冰，呈现出一派阴郁的景象。不过，白雪却无法将它飘落的地区全然覆盖。土地龟裂，到处是黑色的斑点，打破了雪地一色的白。大地与白雪长久相伴，双方都清楚彼此的把戏。

阿尔巴尼亚成为奥斯曼帝国的领土已有四百年之久。在帝国囊括的领土中，有些要古老得多，八百多年前就已归属帝国所有，而余下的领土则是新近归并的。现在，冬天降临在全国各地：旧有的和新增的国土；严格意义上的帝国领土，即所谓的"*伊斯兰之境*"①；还有一片名为"*战争之地*"② 的领土，可兼译作"异域"；叛变的各大帕夏辖区；实行去民族化统治后陷入沉睡的

---

① 原文为阿拉伯语，指受穆斯林政府统治的地区。
② 原文为阿拉伯语。

地区；从前被选为"哈拉勒①之地"的特区；受到恐怖统治的地区，即"哈拉姆②之地"；宣布进入例外状态③的省区，即"争端之地"；等等。总之，各省都迎来了冬天。这些省份情势不同，命运各异，均由最近那条有关"国家地位"的特别法令所决定。

广袤的国土上，唯有白雪、云朵、雾气、彩虹、风雨以及皇家信差往来于各地之间，无拘无束。随着冬天的来临，他们的行动也愈发频繁。

不管怎样，在帝国的边疆，尤其是在阿尔巴尼亚人的领地上，冬天更加严酷。或许，这个印象与阿尔巴尼亚人的叛乱有关？

这是三百五十年来阿尔巴尼亚人的第二次大规模叛乱。整个九月，京城里都流传着这样一条谣言，说苏丹将亲自带兵出征，就像昔日平息斯坎德培④第一次大规模叛乱时那样。不过这事有利有弊。好处在于，御驾亲征意味着叛乱会更快被镇压；坏处则在于，帝王远征很

---

① 伊斯兰教法用语，意为"合法的"。
② 伊斯兰教法用语，意为"被禁止的""违反教律的"，与"哈拉勒"相对。
③ 即通过悬置法律（宪法），用不受法律限制的措施进行治理的状态。
④ 乔治·卡斯特里奥特·斯坎德培（1405—1468），阿尔巴尼亚民族英雄，于1443年对奥斯曼帝国发动起义。

难从人们的记忆中抹除。

  第一回叛乱时,两大苏丹相继前去对抗斯坎德培。征服阿尔巴尼亚之后,国家中央档案馆的专家们根据古老的"咔-咔"① 学说,对消除民族记忆的方式进行了长时间的研究准备。这一过程持续了几个世纪之久。许多事情被遗忘,被笼罩在雾里,或被污染,唯有三件事除外:斯坎德培没被罢黜就死了;苏丹穆拉德二世曾远征阿尔巴尼亚;继他之后,征服者穆罕默德苏丹在同一战场领兵作战。这三座山峰浮现在迷雾中,什么都掩盖不住。当然,我们可以说,斯坎德培的叛乱无足轻重,不过,要如何解释这两次帝王远征,而不贬低其重要性呢?瞧,苏丹王出征除了有好处,也带来了麻烦。

  自斯坎德培死后,阿尔巴尼亚总共叛乱了三百次。其中有二十八次规模较大,但都不如最近的这次声势凶猛。这是一次经久不息,来势如潮的叛乱,犹如地动山摇一般。这次叛乱时而光明正大,时而戴上面具,先由古老的布沙特利家族发起,后由阿里帕夏·德·特佩雷奈继续,撼动了百年帝国的根基。

  这年秋天,当人们在京城里说起阿尔巴尼亚事件

---

  ① 音译,作者发明的词汇。有研究者认为,该词来自乌鸦振翅和鸣叫的声音。书中,"咔-咔"指去民族化的过程,目的在于瓦解阿尔巴尼亚的民族性。

时，人人都清楚，叛变的省份将受到严罚，阿尔巴尼亚作为大帕夏辖区的时代也行将终结。不过，古老的贵族阶层和伊斯兰长老①身边的人并不满足于此。他们提出，要找到事情发展到这步田地的原因，找到发起叛乱的元凶魁首。几年来，他们反对偏袒阿尔巴尼亚，还写了大批奏折，指出令人担忧的事实。不过，尽管这事骇人听闻，并且就发生在众人眼皮底下，大家却都装作什么也没看见。

事实上，眼下发生的事情前所未有。阿尔巴尼亚当地的大帕夏，卡拉·马赫穆德·布沙特利和阿里·德·特佩雷奈，一个霸北一个踞南，脱离高门②控制已有四十年之久。据说北方帕夏卡拉·马赫穆德每每突发奇想，便如洞中之虎般，从他位于边境的辖区里出动，不经中央政权准许，就进犯帝国的领邦。费了好一番力气才达成的同盟、条约和协议一律被毁，帝国的对外政策也是一团乱麻。外务部大臣雷斯老爷③受到了苏丹的召见，苏丹双手夹面，扯着胡须，命令道，要么迫使造反的帕夏就范，要么就将大臣本人革职。

---

① 伊斯兰教荣誉称号，奥斯曼帝国时期用以尊称首都伊斯坦布尔的总穆夫提，为伊斯兰教法的权威解释者。
② 指奥斯曼帝国中央政府。
③ 土耳其人对文官、学者等的尊称。

"卡拉·马赫穆德·布沙特利，啊！他可真是贵国官员的典范！"英国领事说，谁都知道，这位领事爱说反话，"要是我没弄错的话，这位帕夏在未获苏丹准许的情况下，六次与邻国开战，因此四次接到圣旨，被指为叛贼，判了死罪，后来，他又被赦免了四次，并第七次进犯异邦，还是未获准许，最终死在了战场上。天呐，也只有阿尔巴尼亚才出得了这样的帕夏！瞧瞧人们给他取的名字：卡拉·马赫穆德。名字前面的绰号是从苏丹那些用词狠毒的法令中留下来的。看样子，他挺喜欢这个绰号的，因为他很清楚，每次被赦免之后，自己还会再度获罪，于是，就决定保留这个绰号，这就好比下雨天，我们心知迟早还得出门，于是穿着雨衣就进了屋。"

听众们好一阵笑，尽管人人都知道，当时欧洲国家的领事们几乎全都搅和进了卡拉·马赫穆德风波，正如现在搀和进阿里帕夏之事一样。

饰有外交标志的车如风般行驶在发生暴动的帕夏辖区上。不过，至少从表面上看，除了被包围的城堡之外，广袤的阿尔巴尼亚省风平浪静，这让领事们感到诧异。他们脸贴着车窗，以为能看见满目混乱、血流遍野，然而却只见到一片寂静。他们打开报纸，阅读报上的标题，仿佛是为了从中求证，该省的确正在上演起义的戏码。随后，他们又把头伸出车窗外，可环顾四周，只见到满眼的不屑。据说叛乱的轰鸣只有在遥远的帝都才能听见，而在这里，在叛乱的发源地，一切都凝固了。

报上的标题向全国各地宣告，阿里·德·特佩雷奈，这位阿尔巴尼亚总督、三尾帕夏①、内阁议会成员、被圣旨称为卡拉·阿里（也就是黑暗阿里）的人，已经被团团包围，困在最后一座堡垒中。

身为军中新星，受命平乱的天子宠臣忽尔希德帕夏拒绝接见记者和领事们。他总是声称公事缠身。

二月四日，法国领事的车正沿着一支围攻部队的营地飞驰。这时，营地深处传来一阵隆隆的节日鼓点。领事将头伸出车窗外，询问所为何事。"哈伊尔②圣旨，"昏暗中，几个人回应道，"刚刚接到皇家'哈伊尔圣旨'。""什么意思？"领事问。"什么意思？就是赦免阿里帕夏死罪的一道圣旨，"有人答道，"就要停战啦。"

"这怎么可能？"领事寻思着，又伸长了脖子，却只见一片暮色，白雪斑驳。所有人都盼着阿里帕夏被砍

---

① 帕夏分为三个等级，以其所持有的牛或马尾区分（三撮、两撮或一撮），有时会用孔雀尾，数量越多，级别越高但只有苏丹可持有四撮马尾。

② 土耳其语，意为"好的"。

头；京城里，有人整夜都待在耻辱龛前；在全国数以万计的清真寺尖顶下，人们每天诵经五次，诅咒这位黑暗的维齐尔。一切就这么平淡地结束了，这可能吗？

车外天黑了，这会儿，连雪看起来都是黑的。领事则身裹毛皮大衣，思考着要在递交给本国皇帝的报告里写些什么。

"现在，他们就快来了，"这大概是忽尔希德帕夏第一百次这样想了。他迈着大步，在帐篷里走来走去，边走边将一个个戒指从一根手指移到另一根手指上，手指被他弄得又细又尖，焦躁不安。"他们这会儿也该来了吧，"他差点喊出声来。他觉得听到了说话声，于是伸长了耳朵，这已经是第四回了。那不是脚步声，只不过是他走路时袍子摩擦发出的扑啦声，他一停步，声音也随之停下。

外头再也听不到一声枪响，听不到任何打斗的声音。一切应该都结束了，可他们还没到。一秒钟的工夫，他想象他们迈着拖沓的步子，朝他的帐篷走来，就像在噩梦里那样。他耸了耸肩。"我为什么要担心？"他在心底里喊道，"他们不会不来的。"圣旨上的文字仿佛一道闪电，在他眼前划过。或许圣旨仍在阿里帕夏手里。这封圣旨对帝国最大规模的起义网开一面。忽尔希德帕夏的脑海里又浮现出圣旨底端苏丹的签名。那签名就像一只尾针竖起的蝎子。圣旨是假的。阿里帕夏一旦投降就会被斩首。

"可为什么……"这个问题在他心里反反复复,简直到了失去理智的地步,可他就是没有答案。长期以来,这已经不再是个简单的问题了。就好比在树林里,被看不见的虫子咬了一口。他下意识地伸出一只胳膊,想找个地方靠一靠。他觉得腿在哆嗦。他们来了。他听见了他们的脚步声。脚步声杂乱无章,说不出他们是从哪个方向来的。人们或许能想到他们从哪儿下楼,又从哪儿上楼,却猜不到他们带来的是喜悦还是苦水。他寻找支点的手臂依旧在空中摇摆,如同鹳鸟的翅膀。就在这时,他们走了进来。忽尔希德帕夏的眼睛盯着身前离地一米多高的地方,目光纹丝不动,那儿本该是他们的手所处的位置。他没看他们中的任何一个人。他只看到了其中一人手中捧着的,灰白发亮的东西。银盘闪闪发光。盘子里放着一颗人头。不,这不是一颗人头,这是童话故事里照亮全世界的光球。"安拉!"① 他说着,用手蒙住了脸,就好像要保护眼睛,免受这道难以言喻的光的伤害。

---

① 伊斯兰教所信仰的创造宇宙万物的独一主宰的名称。

"帕夏,"手捧银盘的男子说道,他的话打破了沉默,"这是黑暗阿里的人头,拿着吧!"

忽尔希德帕夏伸出手,又立马缩了回来。他感觉双手端不住那个闪光的盘子。他费力地移开视线,又同样费力地指了指帐篷中央的小桌。手持托盘的男子低下头以示遵命,他走到桌前,小心翼翼地将他诡异的贡品放在了桌上。

"退下吧!"忽尔希德帕夏命令道。他的声音如同一条绷得极紧的线,好像再说两三个词就会崩断似的。

他们悄无声息地退出了帐篷。有那么一会儿,他怔怔地待在帐篷中央,等待身体恢复知觉。运动与他没了关联。他等待了片刻。双腿是他身上最先恢复知觉的部位。他迈开腿向桌子挪去,像孩子一样犹豫。他又在桌子前停了几秒,浑身麻木,接着,他朝银盘缓缓弯下身子。他用颤抖的双手小心地端起盘子,抱住了断头。他一阵啜泣,肩膀不住地颤抖。他的双手十指僵直,如同抽筋一般,下意识地抚摸起人头的头发来。他一脸惊恐地看着戒指上的宝石隐入白发间,又重新显现,如同藏身于冬天的云里。他的肩头又是一阵哆嗦。

"我的帕夏,我的救命恩人,"他低声说,"我的星星。"

他弯下腰,又抱了抱那颗头。接着,他退后一步,以便更好地观察它。"它就在这里，"他心想，"在这张桌子上，在这个银盘中，在我的帐篷里。"它的确在这儿，离他两步之遥。几个月里，它对他而言就像天上的闷雷，触不可及。它是他的梦。

在这煎熬的几周里，他日日夜夜都想着它，而围攻还在继续，战斗还在继续。他难以想象它的模样。它逃离了他的想象，好比那些漫无边际的事物，从神思中遁逃。不过在他的想象中，阿里也只是一颗人头，即便阿尔巴尼亚帕夏——他已经有些日子不出席此类应酬了——在官方宴会上以人头的形式出现，他也不会感到惊奇。

他又摸了摸那颗人头。

"我的星星，"他低声说，"我的命运！"

自从被任命为讨伐军司令以来，忽尔希德帕夏觉得，阿里帕夏的头就像一个天体，从他生命的地平线上升起。假如不想自己熄灭的话，他的任务就是把它给熄灭。一山不容二虎。二者必陨其一。

战事持续的几周里，一想到可能会丢掉脑袋，他就十分苦恼。在潮湿的早晨，哪怕是最轻微的颈部酸痛，也会让他觉得是个不祥的预兆。每当他看着镜子里的自己时，他就不由自主地想，此时此刻，另一个人——也就是他的替身——的头在做些什么。那颗头也有牙齿、有下巴，和他自己的头一模一样，它也会发表讲话，发号施令，做一个军队统帅所能做的其余一切事情，除了命运不同，两颗头颇多共同之处。其中一颗人头必须落地。当他感觉阿尔巴尼亚帕夏难以攻克时，心烦意乱、垂头丧气的他就任凭自己陷入无精打采的胡思乱想中。他心想，要是这世上能容得下他们两个人，要是胜负两方都能活下去，那该多好。可即便在他无精打采的梦里，这似乎也是不可能的。他更容易想到的是，他和阿里两人的头都长在他的肩膀上，甚至更糟：他和对手的头分别位于他身体的两端，一个在下，一个在上。比起设想二人共处一室，还是想想各种荒唐事来得简单。

　　如今，一切都过去了。在这个二月的午后，它就在他面前，如同一盏永远灭掉的灯。可为什么他一点也开心不起来？快乐就在他身边，触手可及，然而，有某种东西阻止了他与快乐建立联系。"你这是怎么了？"他心想，"属于他的星星陨落了，而你的星星升起来了。夫复何求？"

　　"别无他求，"过了片刻，他想道。一秒钟的工夫，他似乎突然发觉了自己沉默的缘由。他心生惧怕。不是几周以来那种熟悉的，有根有据的害怕，这种恐惧感更加模糊，隐隐约约的，如同大地的根基。一场崩塌在他眼前发生。他目睹了一位大人物的陨落。他的喜悦之情在躁动，仿佛一条蠕虫，身处天食无边的黑暗中。天寒地冻。蠕虫行动迟缓。"为什么会这样？"他陷入了沉思。

严寒彻骨。头天夜里，当他走出帐篷，聆听震天的鼓声时，也是同样的感觉。皇家"哈伊尔圣旨"带来了赦免阿里帕夏的消息，大伙儿在营地里庆祝圣旨的到来。苦行僧们疯疯癫癫，面色苍白，他们又蹦又跳，仰面倒地，口吐白沫，而在他们周围，成千上万的士兵因战事结束而欢呼雀跃，随着鼓点击掌拍手。没人知道，圣旨是假的。他将真正的秘密，也就是"卡提尔①圣旨"，存放在了保险箱里。只有等到阿里临死前的最后一刻，他才能把圣旨公之于众。

现在，一切都已尘埃落定。忽尔希德帕夏缓步走向帐篷的入口。夜幕降临。远处，饱受严冬和战争摧残的高原上刮起二月的风，风中夹杂着千百种语言。"帝国所有的领土上，现在都正值二月，"他怀着苦涩的心情想道。奇怪的是，他却觉得会有一个地方，那里就算没点四月的感觉，也至少有了三月的气息。但对于所有人来说，现在都是二月。

他正身处帝国疆域的边陲。两个月前，继布格拉汗

---

① 土耳其语，意为"凶手、杀手"。

被处决之后，他奉命指挥军团。他在前来此地的途中注意到，随着他离帝国的中心渐远，离帝国的边疆渐近，清真寺的尖塔越来越短，好比某种植物由于气候严酷而趋于枯萎，枯萎程度则因地区不同而各有差异。眼见尖塔这般景象，仿佛冬日里可怜的小人儿，他心生悲伤。离帝国的中心又远了些，清真寺的尖塔完全消失了，由此，便进入了十字架符号下令人生厌的欧洲大地。他从未穿越过帝国的边界，也不想这么干。头顶上没有伊斯兰的符号，会让人感到心慌意乱。

"我一定是疯了，"他突然想道，耸了耸肩，"我这是在干什么？"过了一会儿他又想："我为什么不行动呢？"睡意如同老墙上的常春藤，牢牢抓着他不放。他猛地抬起头，仿佛要赶走睡意一般。他拍了拍手，两位副官便箭步向他走来。他们二人就在几步之外候命，可直到刚才他都不曾察觉。他抬起手臂，大概地做了个习惯性手势。当他发布重要的命令，并用那个仿佛从他太阳穴中传出的声音宣令时，他就会做这个手势。

几分钟后，忽尔希德帕夏的军帐中人满为患，人声鼎沸。有帕夏，有步兵营指挥，有祭司，有副官，还有联络官。他们不停地进进出出，马不停蹄地将携带的命令、称赞或咒骂传向庞大军营的尽头，那是他们各自部队的所在。很快,整个围攻军团都得知了战斗结束的消息。骑马的传令兵在各个军帐前驻足,兴奋异常地喊道:"好消息,好消息!阿里帕夏已被斩首。战争结束啦!"

轰鸣声浩荡,军营中一片欢腾。从白天起,风就没停过。马蹄铁哒哒作响,用来给士兵们做哈尔瓦①的锅叮叮当当,这些声音都被风吹进了嘈杂的人声,吹进了一阵沉闷的喧闹,那喧闹仿佛大海遥远的咆哮。

皇家信差敦吉·哈达身着制服,出现在忽尔希德帕夏军帐的门口。一时间四目相对,静默无语。帕夏的眼睛仿佛在说:"你来啦?"另一人则站着,面无血色,胡子几乎染成火红色,每当有重要的任务时,他就习惯将胡子染红。火红的颜色更衬出他面色的苍白。

"准备好了吗?"帕夏问道。

"准备好了,我的帕夏。"敦吉·哈达回答。

他身后站着两名后勤兵,袖子都挽着。他们手里提着些又像褡裢又像桶子的东西,里面自然是盛着冰块、盐和蜂蜜,在直抵京城的漫长旅途中,这些物质被用来确保人头能被妥善保存。

"帐外候命!"总司令说道。

---

① 一种盛行于伊斯兰世界的甜点。

那人鞠了一躬，向后退去，与此同时，他们的眼神再度交汇。帕夏的眼中闪过一缕胜利的微光。一段时间以来，每当忽尔希德帕夏看见这位信差，他的胃里都一阵翻腾。敦吉·哈达迈着沉重的步子在军营里徘徊，土灰的脸庞下端挂着一绺山羊胡子。不过所有人都知道，这张脸的主人不过是个过路客。每当京中要取一枚人头，敦吉·哈达就立马忙活开了，他染红胡子，跨上马鞍，带着褡裢里的断头，在冬日与黑暗中飞奔，日夜兼程，以便尽早抵达京城。想到这原本可能是自己的头，忽尔希德帕夏骨子里一阵寒战，仿佛敦吉·哈达的助手正在他的脖子周围精心放上冰块，而他感到了那股寒意。最近几周里，他十分不安。几天前，当一位卫兵给他送来早饭时，他将盛蜂蜜的盘子向他扔去，吼道："混账，谁告诉你我要蜂蜜了？光是看它一眼我都恶心。"事实上，这些日子以来，他看见蜂蜜就受不了，更别提盐巴和冰块了，而尤其令他难以忍受的，是看见敦吉·哈达。敦吉·哈达属于这么一类官员：虽说这类官员在国家官级体系中的排位并不高，却依然不可冒犯、永恒存在，如同政府大楼的圆柱一般。"可怕的普通官员，"在一次官方晚宴上，他的朋友吉泽尔大臣曾这样称呼他们。要不是战地信差属于这一类人，忽尔希德帕夏一定会把他除掉。

有时，他仿佛觉得信差已经猜到自己令他厌恶。可这个顾虑让他更加不自在。他感觉敦吉·哈达的眼中时不时闪过一丝隐忍的嘲笑，如同阳光在井底耍弄的把戏。那眼神好像在说：谁都说不准……或许有一天，我会将你的人头夹在胳膊底下，而你呢，你永远也得不到我的人头。一想到这是事实，他便陷入了深深的沮丧。他愈发频繁地回想起一只猫来。许多年前（当时他还是个孩子），喧闹声四起，家中的女人们惊声尖叫，一只猫从他们家的厨房里逃窜而出，叼走了一个鱼头。忽尔希德帕夏觉得，敦吉·哈达正是如此，在战争的喧嚣中，他等待有朝一日，带上他或阿里帕夏的人头，一并奔赴京城。

不过如今，这一切的顾虑都了结了。命运的剪刀剪下了命运的果实，那果实就摆在桌上，如同地狱园圃中的白色菜花。忽尔希德感到快乐。直到方才，这股愉悦还在一滴一滴地流淌，现在却潮水般向他涌来。原先的麻木感也消散殆尽。"我赢了他，"他心想，"我才是留在这个世上的人。"

他又听见了副官们的声音。他们在讨论将人头发往京城的最佳时辰。有的人觉得敦吉·哈达应该立马上路，因为路途相当遥远。有的人则摇摇头，面露疑色。最好在深夜时分，人们熟睡时出发，以便避开恶意突袭。两年前，信差的队伍在护送海之帕夏，也就是海军司令卡拉·凯里奇的人头时，就遭到过袭击。不过，这回的人头可是帝国里最具传奇色彩的维齐尔的头，大有理由担心遭遇埋伏。其实忽尔希德帕夏隐瞒了一股强烈的欲望：他希望敦吉·哈达半路上把人头弄丢。这是让信差也掉脑袋的唯一可能。不过忽尔希德帕夏知道，这事永远不会发生。他回想起那只偷鱼头的邻家猫咪，厨娘们用钳子和大汤勺对它又敲又打，可无论如何，猫咪就是不放开鱼头。就算砍掉敦吉·哈达的手，他也会用牙齿衔着人头，一路带到耻辱龛。

副官们大发议论，给出这样或那样的理由，忽尔希德帕夏听了一会儿。他知道，倘若丢了人头，政府委员会将以前所未有的力度严惩不贷。

"夜里启程吧，"他平静地说，"等人们睡下了再出发！"

此时此刻，他觉得自己仿佛沉浸在喜悦的河流中。暴风雨过去了。光荣的彩虹在他头顶上相互交织，不计其数。"我留在了这个世上。"他说道，差点没喊出声来。接着，他又无缘无故地笑了起来。

到处都能听见嘈杂的人声。帕夏又命人传敦吉·哈达进帐，并将出发的时间告诉了他。帕夏的秘书起草了一份简短的报告，要和人头一同递呈给有关部门。事毕,他们又说起信差该走哪条路线。有人在草图上指出了总能找到新鲜冰雪的地方。有人提及了摩里亚①蜂蜜。还有人注意到,这么冷的天,没必要换雪。突然,一位副官问道:"那身体怎么办?"

所有人都转过头来,一副出乎意料的神情。头一阵激灵过后,这个问题慢慢侵入了他们的意识:的确,该拿身体怎么办呢?忽尔希德帕夏一阵沉吟。直到方才,阿里对他而言不过是一颗人头。他们完全忘了身体的存在,忘了这个扛了八十年人头的脚夫。

"身体……"忽尔希德帕夏边说,边用两根手指捋着胡子,动作里透着稚气。"嗯!身体……"他重复道,又微微一笑,好像在说:大自然造物还真是奇怪。过了一会儿,他又接着说:"当然,身体也是要管的。诸位有什么想法?"

众人各抒己见。尽管存在分歧,但他们就核心要点达成了一致:身体应当下葬。谈起人头,就连最细微的词汇他们都谨小慎微,深思熟虑。相反,当说到身体时,他们的话却无所顾忌,草率鲁莽,甚至有种轻蔑的痕迹,就好像他们刚才说的是个惹人烦的仆人。他们很快便决定,于次日清晨将身体埋葬,并在市郊举办一个

---

① 中世纪和近代初期希腊伯罗奔尼撒半岛的名称。

最简单的仪式（帝国的礼制对维齐尔的葬礼级别有详细规定，即便是叛臣也有说明）。

"现在让我静一静，"忽尔希德帕夏说，"我想休息一会儿。"

战地专栏的记者们向他提出请求，请他为他们在京城的报纸回答几个问题，但都无功而返。

"明天吧，"他双眼半闭，说道。他觉得，近半个小时从他眼中渗出的兴奋比那些失眠的夜晚更让他的眼睛疲惫。

记者们走了，可他并未在沙发上坐下，而是在帐篷里大步流星地走着。"什么鬼日子！"他重复了两三遍。这天是星期二。帐外，冬风呼啸。他的目光落在了角落里的一堆报纸上，报纸的大标题里写着他的名字。不知为什么，有那么一秒钟，他把星期二想成了一个长着长胡子的家伙，他的胡子被风吹得蓬松散乱。"安拉，"他又想，"你为什么要给我们这样的日子啊！"

几个月前，在他出征的前夜，风也像今天这样刮着。那天夜里，为了阅读有关阿里帕夏的资料，他走进了国家历史档案馆高大冰冷的大厅。他花了很长时间，翻阅苏丹与阿尔巴尼亚维齐尔的信件。信件的日期显示，通信间隔的时间越来越长。时而吹过一阵风，吹得档案馆高大的窗户一阵颤动，他觉得只能在风的悲鸣中阅读最后的几封信了。"这是我最后一次给你写信，"苏丹这样给他写道，"你要知道，倘若你这次再不听命于我，我就一把火烧了你……把你烧成灰，没错，烧成灰。"这是最后一封信。阿里没有回信。信差们很快便跨越了两块大陆间的距离，挎包内空空如也。冬天近了。如今，通信中断了。没了书信，人们就等着战争的乌鸦和烟云了。

"我打赢了这场仗，"他几乎高声喊道，"我大难不死。"风的怒号再度传来，帕夏感觉自己被卷了进去，就像掉进了一个陷阱。

士兵们都躺下了。所有人整齐地排列着，都在休息：步兵营、安纳托利亚部队、突击部队、伤员，等着打完这一仗就退休的患哮喘的老帕夏，还有年轻的帕夏，对年轻帕夏来说，这场仗是他们事业的第一步。与他们一同休息的，还有炮兵、敢死队首领、苦行僧、第四局的耳目、破伤风患者，以及"罚入地狱之人"的手下。半数以上的人都睡了。其他人则睡不着。他们的头枕着坚硬的垫子，就像半明半暗的炉火，内里毕竟有几块火炭闪着红光。他们一点也高兴不起来。相反，他们感到害怕。他们亲历了一场巨大的动荡。他们亲手触及了国家的根基，这激起了他们心中的恐惧，一种触碰到禁忌才会引起的恐惧。比起看到血流遍野，国家根底里的污垢更让他们战栗。这就好比是面对灾难时的恐惧。胃沉沉的，他们能感觉到里面的哈尔瓦，那是打胜仗后分发的食物。有些人梦游似的走出帐篷，一路呕吐，因为打嗝而面色蜡黄。风依旧在呼号，无休无止。人们说，这阵风后边有另一阵风，更远处还有另一阵风。

睡梦中的人也不太平。有的人在说梦话。还有的人在睡梦中辗转反侧，发出呻吟，呼吸困难，与夜的虚无搏斗。远处，兵营的边缘传来一阵车轮声，有个人低声说："阿里帕夏的头上路了。"步兵部队的一顶帐篷内，一名工程兵在梦中呢喃："给他把头接回去吧，看在真主①的份上，把这颗头接回去吧，也好让这事儿有个了断。"旁边的另一名士兵在他耳边低声说："我听说，在特拉布宗省的一个偏僻村庄里，有个老接骨医生，他能把砍下的头接回去。我有他的地址，就在我军人证里的一张纸片上。"

另一个人静静地听着。接着，他近乎惊恐地说："不不。不，"没过一会儿，他又重复道，"咱们就差这么办了，就差看见他们回来，头接歪了回来，无论如

---

① 即"安拉"。

何,要快,还有……还有……""还有什么?还有什么?"前者问。可另一个人却睡着了。"头接歪了,"过了片刻,士兵说,"可为什么是歪的呢?为什么是歪的啊,哦,安拉?"

忽尔希德帕夏觉察到了远处车轮的声响。"它走了,"他想。他将自己裹在羊毛毯子里,第十次闭上眼睛。他睡不着。他感到太阳穴发紧,像被夹在虎钳里一样。风声呼啸,掠过地表,他觉得风在扫他的脑袋。他觉得自己的头往亚洲去了,而身体却留在了欧洲。他想象出了一个虚幻的、黏糊糊的东西,这东西被拉伸在两块大陆之间,不停地伸长、伸长,越来越细,逐渐稀释,就好像随时会变成一种宇宙元素,变成一种介于灰色云团和彗尾之间的物质。

"车在朝亚洲开,"他疲惫地想,"这家伙没完没了,一会儿变个模样,在我头顶上招摇。"忽尔希德帕夏用手肘支撑着坐起来。躺着会让他感到虚弱。他的荣耀建立在另一个人的废墟之上:这个想法像块烧红的木炭,隐隐炙烤着他的内心。阿里帕夏如同天上的闷雷,在他心头压了太久!如今,他将像个被地震震开的、无声的大窟窿,长埋于地下。"这就够了,"他想,"他走了。我呢,我留下来了。简单明了。"的确,有那么一会儿,他觉得这事简单极了。"我不该看书的,"他想,"书冲淡了我的血。"

其实,他看的书少之又少。有一回,他的朋友塔拉布鲁兹帕夏建议他说:"一本书也别看。除了没有性别,书和女人一个样。"

"简单明了,"他重复道。一时间,他的脑子空空荡荡。接着,头一个闯入他思维的念头就是,阿里帕夏将有两座坟墓。"两座坟墓,"他又想道,与此同时,他感觉自己整个人都在呐喊:"我下葬的时候能完好无损吗……完好无损,在一座墓里!"这是对安眠的渴望,与贪婪的呻吟相差无几。他重新把自己裹进羊毛毯子,打了会儿瞌睡。他躺在大地的中心,完好无损,没有四分五裂……然而在营地的边缘,某个地方依稀传来……窒息的声音……类似荒原的地貌像一层层果冻,缓缓起伏……显然,它们在争吵……微声细语……把人头给我……你,把身子拿去……不,不……这是欧洲和亚洲的声音……它们在争夺一个人……

夜里,他醒了好几回。头一回,他脑子一片空白,思绪全无。另一回,他低声说:"安拉,事情为什么就不能简单点啊!"午夜将近,睡意又离他而去。"我这是在哪儿?"他忖道,回想起了之前发生的事。"我赢了,"他想着,又半睡半醒地裹进了毯子里。"现在是半夜,"过了一会他又想。此时此刻,敦吉·哈达这只牙间衔着鱼头的黑猫,正在混沌与黑暗中飞驰。"奔跑吧,衔着鱼头的谜!"想着想着,他便进入了梦乡。

第三章 在帝国的中心与边疆之间

不过，皇家信差敦吉·哈达的车很快便消失在夜色中。四周被黑暗和虚无主宰。高原、山丘和天空都死气沉沉，让位于无形的虚空。黑暗中，到处闪着惨白的微光，如同世界的倒影，在混沌中游荡。马车就行驶在这迷失的光线中，仿佛行驶在一根随时会崩断的线上。车厢内，敦吉·哈达隐约能看见坐在他前面的两个鞑靼人的背影。后头还站着一个人，为了挡风，他把身子紧贴在车顶篷上。车轮有节奏地隆隆作响，声音消融在黑夜的深渊中。渐渐地，敦吉·哈达感到，虚空和黑暗割断了他与这个世界的一切联系，没有忧愁，没有算计，也没有没完没了的公务，跟洗了个热水澡似的。他觉得自己整个人都被一种微醉的状态所入侵，这种状态已经成了习惯，几乎每次执行这类任务的时候，他都会对这种状态痴迷不已。死亡征服了周围的一切，在这样的氛围中，他觉得很自在。这股醉劲海浪般接连涌来，在他胸中激荡，像一个个气泡，充满他的肺，鼓起他的血管。

马车颠簸得厉害。透过车窗,黑夜的眼神从四面八方投来,落在他身上。他发出一声喊叫。不过不如车后的那位叫得惨烈,而前方坐着的侍卫则一动不动。他是在心里发出的这声喊叫。敦吉·哈达觉得随时会和真实世界断了最后的联系。这种狂喜的状态正在加剧。他觉得自己被整个儿吸进了死亡的漩涡。一周之前,当他反方向走在这条路上时,他也有过同样的感受。那时,他从京城来到边疆,怀里揣着两封圣旨,一封在右,一封在左。两封都盖有皇印,两封都有苏丹的签名,不过其中有一封是假的。真的那封是死亡圣旨,又叫"卡提尔圣旨",那是过去官方用语的叫法。在向暴乱的帝国边陲行进的路上,敦吉·哈达预感到,胸口这张盖着火漆的纸将会很快变为一颗人头。而这一变化很快就实现了。那封文书迅速引发了死亡,而他则带回了人头。敦吉·哈达又喊了一声。不过侍卫依旧没有听见。喊到第三声时,狂喜达到了极致。现在,他独自在虚无中航行,仿佛被用投石机投了出去,投进了一个离奇的宇宙。宇宙中长满了阴森的植被,飘荡着黑夜的声音,人眼所未见,人耳所未闻。此时此刻,他远在幽深的混沌之中,既是它的主宰,又是它的奴隶,他们彼此撕咬,猛烈凶残;他觉得自己正在膨胀,竖起了毛发,很快又会越变越小,化为无常浮世中的尘埃。他又喊了第四声,与此同时，整个人突然向身边的断头俯下身子。他的脸碰到了两颊冰冷的胡须。他把嘴唇凑近一只耳朵，低声说："瞧，我们出发了。你听见车轮碾过碎石的声音了吗？我们上路了，上路了。"他在冰冷的耳边低语良久，语无伦次（有时，他停下话头，发出"哈哈！""哼哼！"的声音）。他大概是想对他说："与其说你是，倒不如说你曾经是伟大的阿里帕夏，那时候，你甚至想不到，世上还有敦吉·哈达这么个人。假如有人告诉你，有一天，你会和信使敦吉·哈达打交道，你一定会忍不住笑出声来，捂着胸口，笑岔了气，于是仆人们会急忙送来一杯又一杯水，叫来管家和医生，还是个主治医师。你会笑的，哈哈！可你瞧，这一夜还是来了，你的头就在我胳膊底下。如今，'哈哈！''哼哼！'的人是我！是我，是二月的风。好几年前，也是这样一个冬夜，我在执行一项辛苦的任务，当时，我途经了贵省首府的宽阔大道。当时天很冷，我的情绪非常低落。我从车里瞥见了你宫中的灯火。灯火很远，像星星似的。我注目良久。'你爬得真高啊，帕夏，'当时我一边想，一边裹紧了身上的制服。那一刻，我变得异常亢奋。我整个人都喊了起来：'你会属于我的。'现在，你是我的了，哈哈！我等了你这么多年，就像等待果实成熟那样。别的人头一颗颗落地，我都小心翼翼地夹在胳膊下面，而你却越爬越高,但我知道:总会轮到你的。那是你最辉煌的时候?真是可笑。你们高高在上,触不可及,双眼半闭,目光轻蔑,你们是国之显贵,从我们这些普通官员身边经过,你们都不屑于看上一眼。官宴上,你们坐着尊贵的席位,身穿礼服,佩戴鲜红的军衔,衣领笔挺,就好像只有你们才知道如何穿戴它们。而我们呢,我们是为国效劳的奴才,微不足道,自然永远都不可能跻身你们的行列,我们坐最次的桌子,坐在哨兵和各部门部员的身边,远远地观察你们。我们远远地观察你们,哈哈!我们等啊等,等你们人头落地,然后就像这样,把你们的头夹在胳膊底下带走,走得远远儿的。跑吧,快跑吧,马车,哈哈!"

敦吉·哈达继续在断头的耳边低语,说了好长时间。可渐渐地,他从狂喜中平静了下来,就像在梦里那样,一飞冲天,然后又落了下来。他身上发冷,于是愈加裹紧了制服,把头靠在车座的椅背上。他精疲力竭,感觉太阳穴被夹在一把虎钳里,就像癫痫过后的情形。他嘴里发苦。每次狂喜之后,他都是这种感受。可他睡不着。强压过后,他的大脑机制混乱至极,让他丝毫不能平静。在这个真空的状态下,他又回想起第一次与断头的旅行。就好比一个酒徒,回想起了自己第一次烂醉如泥的经历。那是个夏天。天气闷热潮湿。他甭指望在哪儿能找到冰雪。他时不时在冰凉的泉水边停车，以便让携带的人头保持清凉。他缺乏经验。他在第三局担任信差才一年，到那时为止，他送过各种法令和指示，但从没送过人头。正巧又遇上伏天，就好像这差事还不够折磨人似的。人头随时都会腐烂。一路上，他不时打开包，惊恐地注视着那颗人头。"安拉，"他叹了口气，"你为何要让我们捧着自己的头上路？"一轮硕大的月亮洒下清辉，将世界浸没其中。敦吉·哈达不时翻开"囚犯人头养护条例"，将"盐渍"一章读了又读。人头就在他身边。这颗头很漂亮，头上的眼睛出奇地安详。月光下，人头的头发上、眉毛上和脸颊上的盐晶闪闪发亮。忽然，他从条例上抬起眼睛，被人头的目光迷住了。他鬼使神差地靠近人头的耳朵，低声说："我年轻的妻子。"接着，话语如汗液般流淌，忽冷忽热，让置身其中的他分不清是怨，还是爱。

这是醉意来袭的前兆。在此后执行任务的途中，这种微醉状态反复出现，成了一种无法取代的习惯。

"明天，"敦吉·哈达想。与此同时，他的思绪飞向远方，飞在明天要走的路上。思绪甚至跑得太快，超过了马儿。它就像云的影子，掠过荒芜的大地和原野，而大地和原野似乎已恭候多时。车轮哀怨地咯吱作响，敦吉·哈达回想起了运送塔拉布鲁兹总督的人头的那个夜晚。那是冬天的一个夜晚,暴雨倾盆。马车撞上了一根杆子,车窗玻璃碎了。风吹雨打中,敦吉·哈达被冻得发僵,寒彻骨髓。他极力保护人头,使其不受风雨摧残,然而却是白费力气。人头的头发潮湿、散乱,在闪电光下面目狰狞。他不得不走进了路上发现的第一家客栈,尽管这有违他的习惯,又与他得到的指示(若非碰到不可抗力,运送人头的皇家信使不得中途停留)相背。这间客栈老旧不堪,名叫"两个罗贝尔客栈",要不是有这么个古怪的名字,与散布在大路上的所有客栈也没什么两样。在许多次执行任务的途中,他都在这种客栈中歇脚。但凡是这类客栈,里面都有一间带壁炉的屋子,晚饭后,旅客们就聚在壁炉周围,冬天尤其如此。旅客大多是不同级别的官员,他们正在帝国的各个省执行任务。那些来外省视察的京中高官轻易就能分辨出,哪些是省里的官员,哪些是为中央办事的官员。互不相识的旅客围坐在炉火旁,起初总有些别扭。但过了这头一阵冷淡劲儿,不论是京城来的还是省里来的,就都聊开了。前者以其所知,讲述帝国中心发生的事,使听者为之吃惊,这令他们心满意足,后者则为自己能加入谈话而欢欣不已。他们一直聊到很晚,话题繁多,从国家高层职位的罢免和任命——这是所有官员钟爱的话题——聊到可汗夫人以及当红艺术家们私生活的细节。

敦吉·哈达一般不参与这种交谈。虽说他的包里从没运过艺术家的头，但对他而言，艺术家在这个世上的荣耀，就跟国家等级制度的级别一样，变化无常。

在这个暴雨之夜，他浑身湿透，头发湿答答的散落在肩上，他手里拎着皮包，面色惊慌地走进了客栈。客栈老板惊愕地盯着他，试图通过外貌猜出他的身份，猜出他从哪儿来。敦吉·哈达甚至都没看他一眼，便径直走进了屋内。屋里有七八个旅客，正围坐在炉火边闲聊。几乎所有人都把头转向了这个新来的旅人，准备亲切地接待他，就像接待任何一个从暴风雨中出现的人那样。不过敦吉·哈达面露凶相，打消了一切向他发问或表示关怀的念头。他走近壁炉，谁也没看，甚至招呼也不打，傲慢且粗鲁地拨开一个个肩膀，在两个旅客之间弄出一个位置来。所有人的眼睛方才还只是诧异，现在却变得阴沉，而在这令紧张气氛加剧的沉默中，那个陌生人倒还嫌这动作不够似的，又把手伸进皮包里，拽着头发取出一颗断头来。在众人惊愕的目光中，他也不知是怎么的，就把淋湿的人头放到了炉火边——兴许是为了把它烘干。

敦吉·哈达甚至不去费力打听这些被他傲慢相待的旅客是谁。随后他得知，他们当中除了一个去京城做胃溃疡手术的乡下人，两个去往第六省的大麻贩子，其余都是任务在身的国家官员。两个是高级教职人员,他们正在巡察帝国欧洲片区的清真寺,一个是外交信使,一个是有来头的官员,据说是个银行副行长,还有几个是内政部第四局的官员。几番对视之后(此时此刻,他们的眼睛睁得老大),所有人都愣了一会儿,他们不知道他属于他们中的哪种人,也不知道他有多大的来头,一上来就对着陌生人撒气。最后,两名教士、银行副行长以及第四局的官员几乎一齐开口,用嘶哑的声音发出抗议,包括客栈老板在内的其他人随即表示赞同,老板手持一根粗棍,走了过来。起先,敦吉·哈达对此不屑一顾,随后他心生恨意,不过他发觉,人们的言辞很快变为了愤怒的喊叫,无意中,他又从眼角瞥见客栈老板走了过来,手中的木棍已经抬起了一半,于是,他嗖地站起身,猛地从怀中抽出了执行任务令,令书上盖有皇印,白纸黑字写着,根据十二月一日的圣旨,他,敦吉·萨尔·阿克沙姆·哈达,宫廷第三局的特别信使,被委任将总督塔拉布鲁兹的人头带回京城。这张在众人面前晃动的文书(与其说是一张纸,不如说它被当作了效果神奇的镇静剂)挨个止住了叫声,又像变魔法似的,将客栈老板手中的棍子变成了一根乖巧的小木棒。

其实,敦吉·哈达压根儿没想要享受胜利的喜悦。疲惫的他将令书重新放回怀里(寂静中,厚厚的纸嘎吱作响），看也不看他们一眼，伸手摸起断头尚且冰凉的头发来。他将这个缓慢且近乎怜悯的动作重复了两三遍，眼睛一动不动，好像在对它说：他们不喜欢你；你到底对他们做了什么，弄得他们不喜欢你？

屋内陷入一阵沉默。似乎只有火苗和木炭还活着。不过在热力的作用下，断头的头发开始散发出蒸汽，蒸汽弥散开来，仿佛一团云雾，直接从地狱升腾而起。接着，所有人的眼神都变得麻木、沉默，同时泛着异样的光，仿佛蒸汽里含有硫化物，令他们陷入了一种宗教般的静默。旅客们久久处于这样的状态中，直到后半夜。他看着人们回过神来，隐约想到了在皇家剧院门前排队等候的人们。这个画面在他脑海中重复了两三次，起先他并不知道，这一联想并非巧合。尽管他隐约觉得，一颗断头和一件艺术品一样，对观众具有同样强大的吸引力。蒙眬中，他仿佛又看到了首演那几天排起的长队以及票价，对于那种演出来说，票价贵得离谱。在这间名称古怪的路边客栈里，他靠着壁炉，脑中萌生出一个念头……假如……在旅途中……某个偏远的村庄里……有个地方……从没上演过戏剧……他，和这颗断头（买票的队伍，买票的队伍）……午夜时分，又或许午夜已过，他突然伸手从包里取出一把白色的盐，撒在断头上（就好像演出之前，他正在给一位演员化妆），接着，他向所有人道了声晚安，诡异地将人头放回包内，回房间去了。他边爬木楼梯，边反复说："明天，明天。"

那一夜已经过去了许久。敦吉·哈达时常想起那家路边客栈；在他的记忆里，客栈走了样，变成了楼梯、窗户和写着"两个罗贝尔"的招牌，门上隐约映着客人们的脸。不过在他的记忆中，有些东西还是完好无损地保留了下来：死人的头发上升腾起蒸汽，蒸汽之后是看客们无声的眼睛。

"明天，"他重复道。二月的风在这片土地上刮着，而这片土地的维齐尔，也就是阿里帕夏的人头就在他身边。无戏可看的村庄则远远地在前方展开，睁着贪婪的眼睛。"明天你们就能看到了，"他第三次在心里想道，并设法入眠，哪怕只有脑海的一角。可他叛逆的大脑并不听他的话。刚有一部分投降，另一部分就又反抗起来。这个状态一直持续到黎明之前，二度换马之后，他又陷入了狂喜的状态。

黎明将近，马车依旧行驶在望不到头的路上，发出同样的有节奏的响声。现在，黑暗变得不那么浓烈了，但对敦吉·哈达而言，夜晚始终让他想到一匹毛发掉光的马。想必白天就要来了。白天就像每个年轻的王国那样，奋力颠覆一切。它推倒阴影覆盖的山岳，堆起新的峰峦，改变事物的方方面面，将风景全部毁掉。在夜晚的统治下，它的军队和象征被打倒，于是，它又四处重组军队，重塑象征。唯有风幸免于难，无拘无束地呼号，从一方地平线吹到另一方地平线，无论白天黑夜，风都同等对待。

敦吉·哈达觉得，随着白天临近，自己变得越来越迟钝，越来越渺小。他的四肢在夜间的醉态中无限伸长，现在却迅速缩短，他头脑麻木，眼神涣散。睡意袭来，他趁着自己尚未沦陷，用尽最后一丝气力，把头靠在窗子上，想看看自己身处何处。他的前方是一条河，河水在冬季冻得涨了起来。他相信，自己看见的是被诅咒的乌亚那河。是的，就是那条靠近阿尔巴尼亚领土边境的河，河上是那座著名的三孔桥。

车轮撞击着隆起的桥面，敦吉·哈达突然发现自己在颤抖。与其说他颤抖是因为马车轻微的颠簸，倒不如说是因为想到自己的车正行驶在这座被诅咒的桥上。这座桥十分古老，至今已有近五个世纪的历史。关于这座桥有个传说，这个传说和巴尔干半岛的所有传说一样，令人战栗：三个桥孔之中，有一孔里囚禁着一个人。

敦吉·哈达盯着浑浊的河水，目不转睛。在这条路上，在他一次接一次的旅途中，他听到了有关这个传说的只言片语。河神曾一度不许在河上建桥（建筑工人白天干的活儿会在晚上垮掉），直到工人们领悟到，河神需要一件祭品。

"多可怕的传说啊！"敦吉·哈达心想，"中央档案馆怎么能允许这种传说还流传于世？"在他的一生当中，这是个罕见的、令他震撼的恐怖故事。他甚至就此给伊斯兰长老写了一封信，信中，他指控中央档案馆玩忽职守。不过，传说依旧存在。

对敦吉·哈达来说，过桥的时间实在太过漫长。他相继瞥见了三个桥孔，桥孔在他身下弯成弓形。在桥孔的石块上，几个世纪的时光留下了岁月的色泽，桥孔的底端铺满了青苔。这座桥给人一种衰老的印象。至于被囚禁的人，人们早就辨认不出他了。他脸上的棱角几乎完全被风刨平，分不清哪儿是脸，哪儿是脖子，倘若没有传说，通常很难猜到，在那块石化的板子上，曾经有个人形。

"哎！"敦吉·哈达叹了口气，努力将视线从最后一个桥孔上移开。在桥的出口处，靠右竖着一座伊斯兰坟墓，这座坟墓和桥一样古老。建造这座坟墓，是为了纪念奥斯曼与阿尔巴尼亚军队之间的第一次流血事件，那次事件恰恰发生在被诅咒的乌亚那河桥上。坟墓入口处的铭文简短地提及了整件事情的经过：事发的日期，事件的结果，还有牺牲的土耳其士兵的名字。那是个名叫易卜拉欣的人,他流下的血在这片土地上挖开了一条沟,后来,奥斯曼人在此血流成河。

"哎!"当他感到车轮离开了桥面,又叹了口气。他任凭自己又一次倒在座椅的靠背上,一副心不在焉的样子,直到天色大亮,他才靠近车窗,察看自己身在何处。"应该已经过了阿尔巴尼亚了,"他想。他一脸茫然,凝望着覆霜的大地,心想,要在世上找到一件这么大、这么乏味的东西,何其困难。"哪怕地上覆盖的是雪,"他心想,"哪怕雪像穆斯林的面纱一样乌黑,那也是好的。因为归根结底,土地无非是个生育力旺盛的女人。更确切地说,是个老娼妇。"他几乎提着嗓门说道。高官们觊觎这块土地的冲动并非偶然,这就好比是对一个女人的垂涎。

"老娼妇,"敦吉·哈达重复道,眼睛始终盯着霜看。霜花犹如白色的粉末,覆在依旧沉睡的平原上。他感到疲倦极了。他觉得,是黎明将近时反反复复的恍惚状态令他虚弱不堪。这念头就像只鼻涕虫,沉沉地向他袭来。"真是受不了,"他想。此时此刻,他觉得自己的思绪无力越过马儿,向前飞上几十古里①。非但如此,他的思绪被禁锢在脑袋里,没有半点努力的意愿。

---

① 古代长度单位。

他彻底陷入了一种麻木不仁的状态。一种可怕的，麻木不仁的状态。每当这时，他的脸甚至比最心慌意乱的时候（比如当他观看犯人处决，或是与断头嬉闹的时候）还要吓人。他越是不看冬天的景物，那些景物越是闯进他的视野，仿佛完全出于惯性似的。他看到的，是纯物理的世界图景，甚至不受透视法的束缚，就像不知何为纵深的动物所见的景象。用柴泥施工的小镇，远看如同做过防腐处理的村庄，教堂，高耸的尖塔，大庄园主的淡黄色宅邸，麻风病村庄，树林，桥梁，因鼠疫而封锁的城市，光秃秃的杨树，沿路散布的客栈……一切都在摇晃，彼此间忽近忽远，如同处在一团巨大的胶质里。对他来说，这个世界就是一具巨大的木乃伊。在某个靠近十字路口的地方，他瞧见一队赶赴婚礼的人马，新娘骑在马上，纱巾蒙面。他幻想着她的肚子因为她坐在马上的姿势而变形，于是笑了起来。的确，他就是想笑……不过，他脸上的棱角没有一处动弹。他的笑容是她心里的一只熊蜂，得爬上无数里路才能到达地面。

在抵达第三座驿站时，敦吉·哈达略微从麻木不仁的状态中振作了些。他需要给人头买些雪。他指望着在上坡的山路上买到雪，不过，雪总是止步于高出他们几百米的地方，就像要激怒他似的。他和一个农民就雪的价格吵了半天，他称农民是吸血鬼，随时要为了一把雪扒掉一个人的皮；农民却对他说，天气马上就要变暖了，到时候，敦吉·哈达会求着他卖雪，不过到了那个时候，农民会向他追忆自己先前所说的一切，而且给一把银币，才能换一把雪。"哼，"敦吉·哈达说，"就算到了夏天我也不买！"对他来说，夏天是那么遥远，以至于他一向都认为，夏天永远不会到来。

他细心地给人头裹上一层雪。现在，人头就像是孩子们在冬季的节日里堆起的雪人。他仔细覆盖好人头上最娇嫩的部位，尤其是眼部和面颊的上部。

伴着卖雪商人嘲讽的眼神，马车又一次开动了，商人的眼神仿佛在说：咱们夏天再见，信使先生。透过后窗，敦吉·哈达看见他将余下的雪扔在地上踩，就像担心雪会被人利用一样。

灰茫茫的荒野展开在苍穹之下，全然被它盖住。地平线上，一轮红日好似经过了修剪，周围不放一束光芒。

阿尔巴尼亚已被抛在身后多时，敦吉·哈达靠近了第二、第六和第七省。这几个省实行了去民族化统治，它们共同构成了辽阔的"咔－咔"地带。在帝国的疆域图上，这块区域被涂成了浅粉色。

他惶恐不安，头贴车窗，感到窗玻璃的颤动反射在太阳穴上。

正因为这样,他时常回想起"咔-咔"地带无边无际的平原,还有那轮冷冷的太阳。太阳如同一枚火红的图章,突显在白昼中,仿佛就连这里的白昼都盖有皇上的印信。

道路无尽延伸,既无记号,也没标牌。在这里,即便是界碑上也没有数字。或许它们和国道上所有的界碑一样,曾经有过数字,不过想必在实行去民族化统治之后被抹去了,当时数字被废除,字母也被一并废除了。

每当穿过第二、第六和第七省时,敦吉·哈达都设法睡上一路。可说来也奇,到目前为止,在帝国最昏沉的地区,他却无法入睡。他不停打量着单调得令人生厌的道路,等待着界碑的下一次出现,谁知道是为什么呢。界碑远远地显现,起初是个小白点,并不比一个句点大,接着,小白点迅速变大,最终从车边闪过。经过雨水和太阳的洗刷,界碑洁白如玉,既无数字,亦无标记。尽管如此,敦吉·哈达仍旧露出一抹微笑,开始期待下一块石头。

将近正午时分,路上出现了一支来自某个村庄的代表团,直到此时,他才从麻木中缓过神来。代表团由四个男人组成,他们因寒冷而蜷着身子,站在路中央,身穿灰色的衣服。他们的衣服就像个厚厚的羊毛袋子,既没袖子,也没口袋,因为在去民族化的土地上,所有居民都不得不穿上这种衣裳。他们肯定一大早就在这儿等着信差路过了,虽然他们后来对鞑靼人说,他们站在山坡上,从他们那依稀难辨的村子里,远远地望见了马车,于是他们才迅速奔下山来,与信使的队伍碰面。

当敦吉·哈达打开饰有皇室纹章①的车门时,他们所有人都举止恭敬,鞠了一躬。

"有一颗人头,"敦吉·哈达说,口气轻蔑极了,甚至都没看代表们一眼。他斜视一旁,眼睛放空。四人又鞠了一躬。他知道,"有一颗人头"五个字对代表们起了神效。在没有人头的时候,满脸堆笑的是他敦吉·哈达,他仿佛是在向他们致歉,让他们久等了。他询问他们身体如何、播种怎样,还向他们保证,下次绝对会带来一颗人头。他甚至从怀里取出执行任务令,轮流拿给大伙儿看。他们默默看着那枚承载着死亡的发黄印章,然后对敦吉·哈达说,他们还会等他来的。相反,现在他有了人头,态度就截然不同了。他们若是等他询问牲口,询问他们的健康状况,那是白费力气。因为他知道,任何这样的交谈都会让他的演出掉价。他斜视一旁,待在车上。最后,他声音铿锵,抑扬顿挫地说:

"这是阿尔巴尼亚总督,三尾帕夏,内阁议会成员,

---

① 西方封建贵族用以表示家族身份的图案标志。

阿里·德·特佩雷奈的人头。"

他们惊呆了。厚重的衣服也无法掩饰他们肩膀的颤抖。他们面面相觑，继而找寻信使的目光，却没能寻到。

"那么，"敦吉·哈达终于说道，"你们出多少钱？"

他们中有两三个人开口说话，不过只有一人最终清楚地说出了几个词。他们如同脆弱的生灵、新生的婴儿，随时会在严寒中死去。

"我们，信差先生……今年……灾祸接二连三……灾年……因为……而且……"

"你们到底给多少？"敦吉·哈达再次喊道。

他们吓得浑身发抖，停不下来。最后，其中一人绝望地张开了手。他的手里拿着几颗小石子。敦吉·哈达盯着他们。他们不识数，这是他们表达数字的唯一方式。

"七镑①，哼，"他皱着眉头，神情惊讶地说。"就你们四个？"过了一会儿，他又补充道。"什么？给全村人看？"他气愤地喊道。他火红的胡子经过风的撩拨，仿佛烧了起来。"花七镑就想看伟大苏丹的敌手，阿里帕夏的人头？你们疯了吗？"

---

① 古代货币单位。

他本想关上车门，可代表们眼见协商不成，于是克服尴尬，相互争论起来。所有人几乎同时开口，经常激动地彼此打断，言语呆板，结结巴巴。他们说，信差先生应当尽量体谅他们，这个冬天对他们来说简直太悲惨了，牲口两次遭受严重病害，天雷烧了村里的林子，两个牧羊人被狼吃了；他们提到一个名叫博胥的铁匠，在他死后，他的鬼魂出现了三次，就好像这还不够似的（他们压低了声音），据说神甫的小妹妹怀了孕，而在年迈的祖娜身上也发生了可怕的事情，别说是村里，或许整个地区都从没发生过这种事情；她从邮局收到了一封信。这封信一定是魔鬼寄来的；因此，全村人聚在一起，由和卓①领头，向那封信吐唾沫，然后把信烧掉，抛洒灰烬。也不知他们说了多久，总是说些无关痛痒的事。而他们越是东扯西拉，敦吉·哈达就越是确信，他们从此便被他阴森的演出控制住了。他已经记不清上回给他们展示的是谁的头了，不过那颗头一定魅力卓群，因为他们迫不及待地想看下一场演出。在皇家剧院的售票亭前，京城的观众排着长队，即便是为了一睹著名演员托尔·贾纳依丁的风采，队伍里也很难找到如此苦苦哀求的观众。

---

① 伊斯兰教对有威望人物的尊称。

现在，他们给出了一个更高的价码，可敦吉·哈达心意已决。当着他们的面，他重新关上车门，始终不屑于看他们一眼。他用手指敲敲窗玻璃，示意鞑靼人上路。村民们直直地站在原地，神情痛苦不堪，其中二人追着车跑了一阵，边跑边喊出一个更高的新价钱，可敦吉·哈达连头都不回。他敢肯定，下回为了看一颗无足轻重的人头，他们毫不计较便会出双倍的价钱。

二十公里之外，另一支代表团出现在路上。敦吉·哈达正打瞌睡，一个鞑靼人敲响了窗玻璃。

"代表们来了。"他说。

窗玻璃因敦吉·哈达的呼吸而蒙上水汽。透过玻璃，敦吉·哈达辨认出一小群人，他们试图往马车里边看。他打开门，高声说："有一颗人头！"于是他们的肩膀就颤抖起来。交易很快就达成了（对敦吉·哈达来说，时间宝贵），他们立马抄近道，向村子开去。马车行至某处，由于道路坡度太大，崎岖不平，敦吉·哈达和其中一个鞑靼人不得不下了车。远远看去，那个村子和散布于大路旁的所有村落一样，让人联想起一张晾晒在高原山坡上的绵羊皮。石头房子个头很小，一座座挨得太近，墙和屋顶似乎都因为这愚蠢的压缩而变了形。代表们并不在乎地上的水坑，边走边说道，他们从早晨就在大路上等候马车出现,就在希望快要破灭时,他们远远地瞧见了马车。敦吉·哈达看着清真寺的尖塔和教堂的钟楼,神情漠然。缕缕薄烟从屋顶上升起,尖塔、钟楼矗立其间。代表们再三对他说,村民们一定已经聚集在清真寺的柱廊下,不会让信差先生费时等待。

他们进了村子,村里的路上竟然一个人也没有。事实上,村民们都聚到了清真寺里。寺中有片宽敞的柱廊,阴冷极了,人们就站在那儿,纹丝不动。一行人走上台阶,敦吉·哈达从鞑靼人手里取过皮包,头一个踏入了庭院。其他人尾随其后。人群一动不动,面前摆着一张木台。敦吉·哈达盯着那些纹丝不动的人头看了几秒钟,他们中有男有女,有老有少。他心想,这些人头冻得太厉害,要把它们运走的话,既不需要雪和盐,也不需要"人头养护条例",像他这样的信差可以一直将它们揣在口袋里,和护照放在一块儿。

敦吉·哈达将包放在台子上,声音洪亮地说:

"阿尔巴尼亚总督,三尾帕夏,内阁议会成员,阿里·德·特佩雷奈,卡拉·阿里。"

说完,他把手伸进包里,抓住头发,迅速将头取了出来。与其说是一颗人头,它更像一团被压紧的雪,间或露出几绺灰色的头发。右眼率先露了出来,接着是鼻子、面颊、另一只眼睛、喉部,最后整张脸一览无余。

人头面色苍白，呈浅灰色。

原本已经够安静的，这下越发死寂无声了。有人说，地底深处好似开了一扇门，通向更深的地底。人头与人群建立了联系。人头无神的双眼牢牢抓住了观众们的眼睛。空气中分明笼罩着死亡的气息。每过一刻，这感受就愈发强烈，人们接近了死亡的边缘，几乎触到了死亡。再过片刻，人群就将与死亡融成一团蜡，晶莹剔透。

每次都是这样。敦吉·哈达知道，对于地处偏僻，与世隔绝的村庄来说，这场演出既是书籍、戏剧，又是艺术、哲学，甚或是爱情（当他从雪中取出"金发帕夏"的头时，一位少女惊呼："哦，他多年轻啊！"他忘不了那声惊呼；演出过程中，他唯独没有听到过这样的人声）。

敦吉·哈达打量着柱廊墙上褪色的图案（据说有人奉命保养这些图案，就像保养人头那样），脑海里闪过一个念头，人不过是世界表层的一份草稿，一幅素描，随年华逝去而衰老、褪色。他还发现，尽管为了打发时间，他会不停在心里盘算，抵达路途终点时能攒多少钱，但在演出过程中，他却无法摆脱死亡的顽念。他的脑海里总是浮现出抽象难懂、脱离现实的想法，他相信，正因为人们需要一种不太真实的眼光，来看待世界和日常的烦心事，才促使这些迷失的人花这个价钱来看他的演出。他确信，看过这样一场表演之后，世事在他们看来会更加明白，甚至连过去貌似难解的问题都可能被轻易解决。

最后，敦吉·哈达觉得，于情于理，人头都被看得够久了。冰冷的雪一块块包在人头周围，像个被扯破的白色毛领，他将手伸向雪块，顷刻间，这手势便摧毁了那座色若象牙、连结生死的建筑。巧夺天工的建筑瞬间灰飞烟灭，敦吉·哈达则赶紧用手将生死重新分开。他又将一块块雪抹在人头上。起先，一只眼睛消失了，接着是面颊，然后是另一只眼睛，渐渐地，人头重新变成了一个大冰块。他双手抓着人头，将它放进了皮包里，与此同时，挤满清真寺柱廊的人群动了起来，仿佛摆脱了一直将他们拴在虚无中的挂钩。敦吉·哈达拾起放在台阶上的钱，在两名鞑靼人的护送下，迅速走下了山坡。来至车前，他给两个鞑靼人一人发了半镑。他们兴冲冲地爬上了自己的位置，车又开动了。敦吉·哈达观察着界碑，界碑时而笔直竖立，时而因地面塌陷或遭受撞击而倾斜，犹如一个个白色的斑点，标注在道路两旁。笔直的道路一派荒凉。

两小时后，他们遇上了第三支代表团，双方并未就价格达成一致，随后，在下午，他们遇上了第四支和第五支代表团，两支代表团都接受了他们的条件。在第三场演出的最后，敦吉·哈达凝视着天空，若有所思。黄昏来临，看来是不会有别的演出了。这并不是天黑的缘故，因为夜间，在火把的光亮下，演出会更有魅力，不过他不能再耽搁了。他们快马加鞭，试图弥补在演出上浪费的时间，可速度再快也有限度：倘若不能对迟到作出完美的解释，就有可能引发一次秘密调查。

驮靶人用刺耳的口哨刺激着马儿，与此同时，敦吉·哈达将头靠近窗玻璃，最后一次看向远处的村庄，如今，那座村庄已经依稀难辨。村子颓败萎靡，受了惊吓，卧在山坡上，村前是不安的漫漫长夜。

黄昏愈发浓重。界碑变得模糊不清，他们随时得点亮灯笼。前一天夜里，他们赶路时没有点灯，因为虽然不见星月，但天空仿佛沐浴在一片暗淡的微光中。今晚却相反，苍穹晦暗无光。

当他们遇上最后一支代表团时，夜幕已降临多时。黑暗中，一小队人出现在路边。一个男人手提风灯，时而举过头顶，时而放下来，以便看得更清楚。透过窗玻璃，敦吉·哈达眼随光动，看了一会儿微弱的黄色光斑。光斑从道路的沟壑滑向车轮，接着又滑上驮靶人的背，然后，又沿着同样的路线滑了回去。他们当中冒出几个突兀的声音，同样低沉、阴森，间或有人喊道：

"有人头吗?"马车从他们中间缓缓穿过,没有停下,如同穿越噩梦中的景象。

他们再没碰见其他人。道路、天空和大地无尽伸展,带着那份因辽阔无垠而显出的漠然。敦吉·哈达想象着,夜晚竭尽全力笼罩整个帝国,到头来却是白费功夫。有人说,帝国比夜晚还要辽阔。当帝国的一端黄昏来临,另一端就会迎来日出。夜的毯子不够宽大,无法自东向西将帝国的身躯包裹起来。也就是说,帝国的头或脚不得不露在外面。"头或脚,"他想道,下意识地用手摸了摸皮包。倘若阿尔巴尼亚地区是帝国的头,那帝国的双脚就应该位于印度次大陆附近,或者相反。"不,"他说,"帝国像什么都行,但绝不能像个人。和所有国家一样,帝国的头在中间。"迷迷糊糊中,他拼命想象一种头部位于身体中间的生物,却想不出来。比如狮子甚至龙这样的动物,它们的形象出现在许多纹章和皇家印章上,可它们的头同样位于身体的一端,根据姿势的不同,要么在上,要么在下。"对了!"他止住喊叫,突然说道,"帝国终归是种动物,一种头位于身体中间的动物。它是一只章鱼。"他在脑子里把曾经进过的政府大楼的门逐一筛查了一遍,却不记得看见过章鱼,不论是刻的还是画的,一扇门上也没有。想到自己会因异端而获罪,他惊恐不已,于是便将这个想法赶出了脑袋,可这个想法却仿佛挣脱了最后一道枷锁,又落在了他的肩膀上。

他略微打了个盹。过了一会儿,他的头莫名其妙地颤抖起来,仿佛有只无形的手打了他的下巴。他将前额贴在窗玻璃上,出神地望着漆黑的窗外。他觉察到它来了。他呼吸加快,就像每次狂喜状态临近的时候那样;接着,和以往一样,他的灵魂整个儿向前飞了出去,设法将马儿、鞴鞍人,连同自己的手脚、羊皮制服、眼睛、耳朵和体重甩在身后。这一切在他身后飘荡,如同淹没在混沌中,永远无法与它们的主人团聚。他向右俯下身子,太阳穴掠过断头冰凉的头发。这番接触令他颤抖,无意中,他头一回发出了"哼哼!哈哈!"的声音。随后,一切又如前一天夜里那样重现。现在,他的脑袋就像个发光的软体动物,猛地撞上穹顶,撞上清真寺、女人的肚子、鱼的眼睛,以及大路旁的客栈。他的头颤抖着,抽动着,如同一只活物。

头一阵激动过后,狂喜的状态又反复了两次,临近午夜时有过一次,之后又有一次。他败下阵来,第三次松开了人头,痛苦地叹了口气。"我们就快到了,"他低声说,"我们就快到了,你感觉到了吗?"

旅途中,他在清醒的时刻,几次三番神游京城,来到"千耻石"所在的广场上。壁龛空着,他差点喊出来:"广场空着,广场在等咱们,咱们得抓紧时间。"

他除了纳闷还是纳闷:没有人头,广场该如何是好?广场是怎样等待早晨来临的呢,又是如何度过下午时光的呢?他呼喊鞑靼人,让他们加快车速,仿佛有个濒死之人,他们必须赶在他咽下最后一口气之前,抵达他的枕边。

车窗后的黑暗稀薄了一些,透过一层仿若透明面纱的雾气,睡眼惺忪的大地左一块右一块地显露在眼前。看着大地妖娆地伸展,地势起伏,蛊惑人心,他心想:要不是帝都像一头狮子,前蹄着地,远远地屹立在地平线的尽头,随时准备咆哮,震慑寰宇,谁知道这个荡妇会如何恣意妄为呢?

"要是没了帝都,世界会是个什么样?"他恐惧地想。他觉得这个念头太可怕了,于是又想:"没了帝都,世界真的还能存在吗?""哦真主,保佑我们吧!"他说着,差点喊了出来,然后又摇了摇头。

他们离京城不远了。没有任何标记、告示和烟云显示,京城就快到了,不过他们照样能推测出来。周遭的一切都沉浸在庄严的静默中。"京城还在沉睡,"敦吉·哈达想。他觉得自己的牙仿佛在咯咯作响。

"瞧瞧,瞧瞧……"连他自己也不知道,刚才看见的是什么。他好像看见了清真寺塔的尖顶，或是某只飞过他们头顶的鸟。那只鸟飞得很特别，它在空中滑翔，身子却一动不动，和那些翱翔在穹顶周围的鸟儿一样。他警觉地直起身子。午夜狂欢过后，他的四肢依旧被灵魂甩在身后，如今，四肢正忙着夺回自己的位置。他感觉身体逐渐恢复了重量，这重量像铅一样，一点点在他的血管里流淌。

　　终于，冰冷的地平线上浮现出京城高耸的穹顶群。一个个穹顶遥遥在望，冷冰冰的，永远一副灰白的色调，它们依高低不同，逐个冒了出来，首先是奥斯曼之魂大教堂的金属穹顶，接着是圣索菲亚大教堂的尖塔塔顶、托克马可汗柱、国家中央档案馆的穹顶、荣耀之门、帝国银行的圆柱、梦宫的灰蓝色圆顶、历经百年的私语宫、印令宫，最后是战争部的青铜圆顶。仿佛所有的穹顶都在等待。

　　敦吉·哈达没有将眼睛移开，他的车正朝这番景象驶去，如在梦中。

　　七号门的哨兵老远就瞧见了迅速靠近的马车。其中一人拿起望远镜，对准了宽阔的马路。

　　"皇家信差，"没过一会儿他说道，望远镜的末端依旧贴在右眼上。

　　另外两名哨兵也注视着方形的黑色马车不断变大。

他们还在想象印在车门和车尾上的国家纹章，而他们的同伴已经认出了车上的标志。

天色尚早。辽阔的平原在京城前方延伸开来，笼罩在雾气中。那名哨兵仍然将望远镜贴在眼睛上（早晨光线很暗，人们会误以为那是一根铁杆，长在他的眼睛里，怎么也拔不出来），而另外两人则迈着笨拙的步子走下石阶，开门去了。一时间，传来铁栓和铰链刺耳的声响。马车行至门前，那个哨兵终于听见了车轮的隆隆声，于是放下望远镜，无精打采，却又不无好奇地倚在护墙上，望着城墙下刚刚到来的人。那个人下了车，看样子是在给另两名哨兵看他的公务证件。城墙上的哨兵下巴靠着拳头，眼睛注视着他们几个人的一举一动。突然，刚来的人仰起头，城墙上的哨兵一阵哆嗦。他从没见过如此阴森的脸孔。那人凌乱的前额上，一双空洞的眼睛好似从外边陷了进去，更可怕的是，他三角形的胡子呈棕红色，与苍白的皮肤形成反差。哨兵放眼远望，望向神秘的平原，城墙下的男人就来自那片平原的深处，二月天里，他不出半日便到了城门前。

没过一会儿，车轮辘辘，沿着路面越过了大门，于是哨兵们又重新登上了城墙。

"是阿尔巴尼亚的阿里帕夏的人头！"其中一个人说。

手持望远镜的哨兵猛地转过身来：

"这不可能。"他说。

"我们亲眼看见的，就在皮包里放着，耳朵里还填满了冰。"

"这不可能。"另一个人重复道。

"你啊，你什么都不信。"头一个人说。

另一名哨兵始终握着望远镜，望远镜还对着结冰的宽阔马路。其实，他没有任何理由不相信。每当帝国欧洲省区的总督被斩首，人头被送来京城，七号门的哨兵总是最先知道。而来自亚洲地区的人头，则通过一号门进入京城。

"理所当然，"他心想，可与此同时，他却忘了自己在说什么事理所当然。然后他又想了起来："他的头当然会在某天早晨来到这扇门前。"总之，大家都清楚，外交信使、重要的代表团以及罪犯的人头只会从七号或一号门进入京城。这是由特别法令规定的，不得以任何方式违背。"不得以任何方式违背，"片刻之后，他重复道。当然，这是因为信差和断头不能从二号、四号或五号门进城，众所周知，从这几扇门进城的是蔬菜、肉类和京城的其余生活物资，还有外国游客。为此，国家出台了非常明确的法规，甚至还有精确的时间表，以免造成拥堵。相反，七号门和一号门则很少打开。有时，这两扇门连着几天都不开。一个月前，来了一位在阿尔巴尼亚战败的帕夏的人头，那时候天寒地冻，连铰链也冻上了，不得不浇上热水才能移动城门。"理所当然，"他又一次想道，"这跟保证蔬菜供应可不是一回事。尽管在某种意义上（他凝望着辽阔的平原，在二月的阳光下，平原依稀难辨），在某种意义上，人头也一样，不过是颗硕大的果子，是黑色的笋瓜。"

已经有好一会儿听不到马车碾过路面的声音了。"人头就快抵达帝国的中心了，"他想着，朝京城的方向转过身去。建筑物上高耸的穹顶、尖顶、城楼以及清真寺的尖塔仿佛被一种内在的光华照亮。"如今，人头就在那里。"他想。这颗裹在皮包里的小球，京城已经等了很久。肉类、水果和蔬菜从其他门拥进城来，却无法满足京城的饥肠辘辘。因为除这一切之外，京城想要的，是那颗人头。

第四章　帝国的中心

多云

两个小时前,阿里帕夏的人头被放进了耻辱龛。阿普杜拉的脸色比平日更加苍白,他身穿深色的新制服(这是他为婚礼置办的),站在习惯的位置上,双手叉在背后,注视着广场上游荡的人群。壁龛空空如也的日子已经过去了(五天前,布格拉汗帕夏的头被拿走了),广场又恢复了往日的生机。那几天里,广场显得很不对劲,晕头晕脑,一盘散沙。人群有些盲目地涌上广场,四散开来,漫无目的。广场仿佛失去了平衡。不过现如今,广场上又有了人头,一切都恢复了秩序。人群的流动似乎遵循着某种法则,这让阿普杜拉想到了引发潮汐的月球引力。而置于广场尽头的人头则扮演着月球的角色。

即便广场上没有人头的时候,行政条例也要求阿普杜拉如往常一样坚守岗位。有两个原因。第一，就算壁龛空着，人们也绝不该想着，有一天，政府会对分离主义的念头既往不咎，不予惩罚，这也是首要的原因。所以，阿普杜拉站在他惯常的位置上，暗示大家：无论日夜，断头每小时甚至每分钟都可能出现在壁龛里。第二个原因很简单：必须看好壁龛，以防有人为了向国家挑衅，或者干脆出于愚蠢，在壁龛里放上寻常之物。

壁龛空着的日子里，从壁龛前路过的人们满是疑惑的眼神，大概是想问：谁的头会被放进去呢，是阿里帕夏的，还是忽尔希德帕夏的？同样的选择也曾被置于阿里帕夏和布格拉汗之间。多数人希望忽尔希德遭受与布格拉汗同样的命运，然而事实却相反。胜者阿里终于被击败了。

二十四小时前，天刚破晓，阿里的人头抵达了京城。尽管他的头以世上最隐秘的方式进了城，消息却照样传开了，比起新闻处的宣令官正式宣布这条消息，足足早了一小时。为了见到这颗人头（人头的主人曾是帝国里除苏丹之外最有权有势的人），人群瞬间拥上了广场。可是，一整个白天壁龛都空着。"发生了什么？为什么它没被带来？什么时候它才会被带来？"这些问题屡屡出现，一时间，连阿普杜拉都觉得，广场自建成以来，只听过这类问题。他知道，人头迟迟没被摆放出来有充分的理由。经过一番例行的梳洗,人头在十点钟被呈给了苏丹皇。人们还不太清楚,银盘在苏丹面前放了多久,苏丹说了什么话,他又是否就分离主义发表了意见。人们只知道,十一点的时候,在最高行政法院的大楼内,人头呈现在了国家最高官员以及最高教职人员的面前。十二点三十分,外国使节被邀请来观看人头。一点钟,大维齐尔①在简短的新闻发布会上宣布,尽管阿尔巴尼亚省在叛乱,可如今,帝国却前所未有的统一、稳固。"另一方面,"他补充道,"政府将加大力度,继续严惩一切分离主义势力,无论是谁,无论他在帝国的哪个角落。"

很显然,对于泱泱大国的所有省份和帕夏辖区而言,尤其是对那些享有一定自治的地区——直到前一天夜里,阿尔巴尼亚还是如此——而言,大维齐尔的声明是个直接的威胁。大维齐尔语气生硬地宣布,从今往后,高门不会容许对自治进行任何错误的阐释,更不会容许滥用自治。在大维齐尔的讲话中,首次以政府和苏丹皇的名义出现了一个表述,用到了"省区自治"这个概念。多年来,政府大肆鼓吹"省区自治",并宣

---

① 苏丹以下最高级的大臣,相当于宰相的职务,拥有绝对的代理权。

称,这一概念最为清晰地体现出,在帝国大家庭中,民族自由百花齐放。"撇开这些诗意的图景,"大维齐尔说,"最终必须明白,这种自治是有限的自治。到目前为止,中央政府一直是这样考虑的,并且将继续执行下去,直至地老天荒。"维齐尔还就帝国内部的不同民族及其社群给出了新的定义。他说,尽管伟大的奥斯曼帝国是个多民族国家,由名称不同的民族组成,但事实上,在被称为土耳其、阿尔巴尼亚、希腊、塞尔维亚、波斯尼亚、鞑靼和高加索等等之前,这些民族的本质始终是伊斯兰民族。大维齐尔补充说:"时至今日,历史已向我们提供了诸多例子,告诉我们,那些怀有异心的人是个什么下场,而眼下发生的事情,"他用手指着装有阿里帕夏人头的银盘,总结道,"不过是又一个例子罢了。"

整个下午人们都待在广场上,期待人头在被按礼节展示过后,最终被放进壁龛里。可他们一直等到晚上也没见到人头。看来,整个下午都用来仔细检查人头的保养状况了。

记者们没能看到战利品的展出,又被最高行政法院和外务部拒之门外。为了抢先看到人头被摆进壁龛,他们在广场上一夜没睡。阿普杜拉知道他们中大多数人的名字。有的人因失眠而眼睛浮肿,他们回到广场上,似乎是为了给报纸内页搜集材料，以作详细报道之用。人群中混迹着一些外国使馆的官员，他们装作纯属好奇的样子，大概是在搜集政治情报，这年头，这种事特别容易办到。有些人在交谈，他们一不留神，不负责任地说漏只言片语，偶然间被阿普杜拉的耳朵捕捉到。有人说："阿尔巴尼亚的官员似乎一个也没被从岗位上换下来。""我可不信，"另一个人答道，"这事发生之后，阿尔巴尼亚人遭到了质疑，就连从前完全受中央信任的权贵也不例外。""不管怎样，不会有什么动静的，"第一个人坚持道。"很有可能，"另一个人附和说，"国家看得比咱们长远。""真是愚蠢，"阿普杜拉心想，"他们就不能找个别的地方讨论这种事吗？"他在人群中认出了京城一家大银行的副行长。他想起来，昨天，战争结束和人头抵达京城的消息刚一传开，铜价就突然下跌。据估计，临近中午的时候，铜价会再度下跌。阿普杜拉注意到，近几年来，比起不愿提及失败的报纸新闻，铜矿的行情能让人更加准确地了解战争的命运。

"现如今，阿尔巴尼亚会发生些什么？"有人当着他的面说道。"是啊，"阿普杜拉心想，"现如今，那里会发生些什么呢？"连日来，这个问题挂在所有人的嘴边，它出现在阿普杜拉的脑子里更是自然而然，因为这个问题牵涉到他的哥哥。两天前，他终于收到了哥哥的第一封信。信中，哥哥向他详细描述了自己将要执行任务的地方，那地方在阿尔巴尼亚北部，是一片名叫科索沃的宽广高原，四百多年前，土耳其帝国的军队就是在这片高原上击败了巴尔干联军。"直至今日，他们还在哀悼那场败仗，"他哥哥写道，"那场败仗就像酵母一样，激起他们的苦痛与哀叹，而对我们来说，他们的苦痛和哀叹却只是蜜糖和喜悦。那时候，那片平原上浇灌了太多的鲜血，据说几年内，连草木都发生了变化，一部分变得更加茂盛，另一部分则变黄枯萎。在一场血战中，五十万士兵在那里厮杀，从黎明直杀到黄昏。其中，阿尔巴尼亚的大公，让·卡斯特里奥特，就是在那儿战败的。他是被诅咒的斯坎德培的父亲，也是百年帝国中最早、最出名的分离分子。在这场伟大战役的最后，苏丹本人也驾崩了，他的坟冢如今还在。"他哥哥写道，"其实，这座坟墓里没有皇帝的遗体，只有他的血和内脏。没有脏器的身体由一头身披青铜铠甲的骆驼背着，运往帝国深处的京城。据说在旅途中，遇上了恶劣的天气，闪电劈在了背着苏丹遗体的骆驼身上，可一道也没击中。闪电擦过青铜铠甲，化作一道道火光，消失在地面上，犹如一条厚厚的浅红色毯子上的流苏。

阵亡的苏丹也有两座坟墓。阿普杜拉将头转向壁龛。"就像你一样，"他想，"他们都有许多陵墓……许多妻妾。"而上周，他……他的第一位妻子……当然也是最后一位……而且，更糟糕的甚至还不是这个……甚至还不是这个……

"现如今，阿尔巴尼亚会发生些什么？"同一个声音又在他身旁问道。"这些人真是可悲！"阿普杜拉想，"他们怎么就不想想，我们身上会发生些什么？"一瞬间，他觉得自己的灵魂深处僵住了。他罕有这样的时刻，在这种时候，人会获得短暂的分身能力，自身的一部分会对另一部分评头论足。"什么时候？"他自问道，"你什么时候抬起头来？"不过和叛乱一样，分身的时间也很短。他的灵魂重新合二为一，温和、顺从。他又是阿普杜拉了。

距耻辱龛几步开外，宫廷画师赛菲尔正急匆匆地画着断头。伊斯兰教严厉禁止绘制人像，不过阿普杜拉知道，经过与伊斯兰长老的多次交涉，宫廷礼宾司终于获得准许，可以绘制分离分子的人头。他们为自己的请求解释说，自被放进耻辱龛的那一刻起，这些人头就只是些物体了，画下来的人头就和马赛图案一样。

画师的周围总是围着一小群人。人们抻着脑袋，好奇地看着画布和颜料，他们低声耳语，有时无意中挪动了画架的支脚，不过画师毫不在意。他飞快地画着，不过，由于天气太冷，他的颜料似乎随时都会冻上。

尽管没到十一点，阿普杜拉却不时朝新月街看上一眼，因为医生会从那个方向到来。今天是新人头到来的第一天，根据规定，医生应当前来查看，并就人头的状况写一份简短报告，以便在日后出现问题的时候，能够就人头可能发生的变化作出科学的解释。医生还有一项任务，那就是确定人头可以向公众展出多长时间。

就在奥斯曼之魂大教堂的大钟敲响十一下时，医生出现在了路口。他如往常一般，手势活泼，步子微晃，面带微笑。他的微笑始终如一，阿普杜拉不禁觉得，这不仅仅是个微笑，更是他相貌的组成部分。

"刚才有个会，"隔着几步路，医生便说道，"整个上午都在开会。有人不相信，医学和其他科学一样有所进步。你好啊，阿普杜拉！"

"您好，医生！"阿普杜拉说着，轻轻地点了点头。

"为了些鸡毛蒜皮的事情，他们重新翻开了古代编年史：一三八九年，'伟大的帖木儿塔什[①]'的人头就是这样做的防腐处理；又有一年，伊斯兰长老的身体被滗干了血；还有好多别的事。最糟的是，当你设法证明新办法能让人头保存得更久时，他们却用各种荒唐的政

---

① 伊尔汗国（蒙古帝国的四大汗国之一）贵族阿米尔·朱潘之子，小亚细亚的长官。

治言论猛烈抨击你:比起早他一个世纪的叛徒德米尔达戈的人头,阿里帕夏的人头配得上另一种香脂剂①吗?他俩不都是异端分子吗,他们不都受到了帕帝夏皇同样的惩罚吗?你说说,这话让人怎么答,"他身体颤抖地说。"瞧啊,新客人来了。"他将头转向壁龛,几乎开心地喊了出来。

当阿普杜拉走近木梯时,他们的眼神交汇了。

"我说,"医生似乎想起了什么,说,"那你呢,你的事怎么样了?"

阿普杜拉的脸涨得通红,垂下了眼睛。

"没什么特别的。"他说。

三天前,他克服羞怯,对医生吐露了新婚头几夜的秘密。这秘密叫人心碎。阿普杜拉没法和他年轻的妻子行房。听了他的话,医生毫不惊讶(这多少让阿普杜拉安了心),他总结说,这种事很常见。医生问了他几个问题。让他回答这些问题,尤其还是关于他妻子的问题,这是多折磨人的事情啊!医生给了他一些建议,最后向他保证,这是个暂时的现象,主要是由于公共生活中女人的缺席造成的。医生向他解释说:"这种缺席给女人罩上了神秘的面纱,燃起了人们的欲火,到了发狂

---

① 一种用于防腐处理的材料。

的地步。"

"嗯,"医生说着,准备踩上梯子的第一级台阶。他的头一直低着,持续了几秒钟,若有所思的样子,接着,他盯着阿普杜拉说:"听着,你应该试试别的法子。知道是什么吗?"

阿普杜拉的眼睛仿佛失去了光泽。

"什么?"他说,声音几乎听不见。

"你应该找个妓女做爱。"

阿普杜拉摇摇头表示拒绝。

"去吧,去吧,"医生说着,踩上了台阶,"这药方很灵的。"

阿普杜拉看着医生的脚跟一级级升高。一,二,三,四。对他来说,过去一周的所有夜晚仿佛一串长长的念珠,由一个个痛苦的时刻串连而成,又仿佛是骆驼的驼峰,他骑在上面,在一片令人绝望的沙漠里愈行愈远。"别担心,"医生对他说,"这纯属生理反应。"阿普杜拉屏住呼吸,生怕漏掉他的任何一句话。"欲望太强烈,导致欲望本身遭到了抑制,"医生解释说。一整天,这句话不停地萦绕在阿普杜拉的脑海里。有时,他觉得这话似乎很有说服力,但是大多数时候,他觉得这话显得很奇怪。为什么强烈的欲望会让欲望本身遭到抑制?为什么这事偏偏发生在他的身上?他不相信巫术,但有时他又想,这或许是对他犯下的某个罪行的惩罚。莫非他梦见了外国女人,犯下了错?

结婚后的第四天晚上尤其煎熬。帝国上下都在庆祝"力量之夜"①。根据百年来的传统,苏丹陛下要在这天夜里与一名处女行房。京城里灯火璀璨。夜深了,从鼓楼上、城堡里、监狱中以及海军部的平台上传来雷鸣般的炮声,宣告"力量之夜"开始。温暖的卧室里,阿普杜拉睡在妻子身旁。两个人都在冒冷汗。隆隆的炮声变得越发可怖。炮嘴、炮烟、火药,还有它们吐出的火苗,一切都象征着帕帝夏的雄性力量,化作了钢铁与轰鸣。在这震动寰宇的雷鸣中,阿普杜拉辗转反侧,活像条鼻涕虫。他用眼角的余光瞥着年轻妻子的脖子(她的脖子懒洋洋地枕在枕头上,令他格外煎熬),他感觉脑中不时闪过嫉妒的火花,阴沉忧郁,如同一阵隐隐的灼烧感,既刺痛,又舒服。他嫉妒石龛里的人头。人头紧闭的双眼仿佛是在嘲笑他。布格拉汗帕夏的后宫中有三十多个妻妾。据说,特拉布宗的维齐尔因为纵欲而面色发黄。塔拉布鲁兹总督的妻妾有七十五人之多,其中有半数不到十八岁。阿里帕夏的正室瓦西丽姬只有二十二

---

① 即盖德尔夜,处于斋月当中,意为"高贵之夜",亦称"命运之夜""力量之夜"。

岁，而这位叛变的维齐尔却有八十多岁。所有人都有一群妻妾，而他……却遭到了背叛。他的器官陆续抛弃了他。唯有头和身体之间还在表面上存有一丝联系。倘若事已至此，倘若无法挽回的严寒果真已经到来，他是不是最好同自己的四肢以及整个身体分开？和他的手，他的脚，还有他那可鄙的肚子一刀两断。就像那些被包围的人一样，了无希望，坚守在城堡最高的塔楼上，这样一来，他就可以躲进最后的堡垒，也就是他的人头里。

假如他只是颗人头，他年轻的妻子就不会再指望他什么了。或许她还会亲吻他的嘴唇，给他一个真正的女人的吻，就像"金发帕夏"的人头被带给他夫人时，他夫人亲吻他的嘴唇那样。阿普杜拉相信，自己感觉到了血液在血管内缓缓地流动。啊！要是他缩成一颗人头该多好！一颗石龛中的人头。这颗陨落的星辰围着一圈黄昏时分的鲜血，独自面对京城中可怕的人群。它是震慑广场的暴君，被成千上万只燃着狂热火焰的眼睛吞噬。它身处关注的焦点，帝国的中心。它是死去的月亮。

突然，广场的嗡嗡声中裂开了一道口子。阿普杜拉抬起头，发现医生正从木梯上下来。他的脚踩在地面上，然后转眼朝壁龛看去，若有所思地凝视了一会儿断头。直到方才，人群还围在医生周围，一动不动地注视着他的一举一动，现在又嗡嗡响作一片。"内阁议会又开会了！"有人说。一阵寒风扫过广场。医生的眼睛依旧盯着壁龛。人头白色的头发时而散开，然后又顺着脸落回去。"蜂蜜一定冻住了，"阿普杜拉想。医生在一旁摇了两三下头。"为什么？"他低声说，就像在说梦话。"这颗头曾经想挑战帝国，"阿普杜拉疲惫地想。他有点头晕。人头花白的鬈发仿佛蒙上了一层雾气。阿普杜拉想，几天前，在这丝一般的头发围成的光环下，曾经响起维齐尔令人生畏的话语。这些头发离嘴很近，满是权利与死亡的味道。曾几何时，他冲冠的怒发曾让整个帝国震颤。如今，不过就是些毛发而已。像羊羔的毛发般柔顺。阿普杜拉想起了他妻子的身体。妻子的身体也一样，只是尊雕像罢了。她身上的性欲在沉睡。他无法引起妻子的丝毫反应。

"国家好些年没经历过这样的地震了。"医生说着，用手指了指壁龛。

阿普杜拉无言以对。"地震"这个词从未出现在任何的官方声明中。他看着人头，这或许是第一千次了。反抗百年帝国的念头，是从这颗脑袋的哪个角落里萌生的呢？阿普杜拉心想，至少他从没反抗过世上的任何东西。"我甚至连自己也没反抗过。"他想。

"再见，阿普杜拉！"医生说着，吃力地从壁龛上移开了眼睛。

阿普杜拉点了点头。医生走了几步,又转过身来。

"至于那件事,就按我说的做吧!"他远远地喊道。

阿普杜拉感觉自己的脸涨得通红。

广场上似乎又来了一拨新的人潮。小学生们和宗教组织的信徒们成群结队,从伊斯兰军大街走来。有那么一会儿,阿普杜拉设法从他们的交谈中捕捉到只言片语,以此了解当天的新闻。与广场上的窸窣声相比,京城没有哪份报纸能够如此迅速地传播消息。他听到的语句就像是新闻的标题,或粗体或小字,整齐地排列在他的脑海里。有人预测,巴尔干半岛的一部分,尤其是阿尔巴尼亚的周边地区将进入紧急状态。搜寻工作仍在继续,继续寻找阿里·德·特佩雷奈的财宝。人们猜测,在他城堡里的地下墓穴内,会发现些恐怖的东西。这位叛臣的年轻遗孀,瓦西丽姬,将不日抵达京城,随同她前来的,是皇家首席信差。也就是外务大臣,雷斯老爷……

阿普杜拉心想,第四局不在广场上布下他们的眼线,这是不可饶恕的失职。在广场上,可以听到人们对各大灾祸作出预测。在距他两步之遥的地方,人们又在哨兵的眼皮底下高谈阔论,探讨在镇压叛乱之后,阿尔巴尼会发生什么事情。"毫无疑问,阿尔巴尼亚将永远失去以往享有的优待,"一个人说。"不过我很好奇,我想知道,那里是否会过渡到极度恐怖状态。"另一个人补充说。"那是什么?""怎么,你不知道吗?在那些被宣布为诅咒之地的地方,实行了一种制度,如今,这种制度就被称为极度恐怖状态。""噢对了,极度恐怖!你觉得会实行这种制度吗?""为什么不会?"头一个人说。"帝国的所有公民都对阿尔巴尼亚人愤怒不已。你看报纸了吗?大家在呼吁恐怖。报上写道:'这些年来,阿尔巴尼亚得到了足够多的奉承,如今,这个国家只配淹死在血海里。'""话虽如此,我还是无法相信,"后者反驳道,"走着瞧吧,咱们会找到一个折中的办法,既能平息大家的怒火,又不会过分激怒阿尔巴尼亚人。刚才你自己也说了:国家深谋远虑。"

"啊!又是这些蠢货,"阿普杜拉想,"除了谈论国家,他们就没别的事情可做吗?"他再也不想听他们说话,可他们的声音靠得太近,硬是钻进了他的耳朵。"你觉得,谁会被派去接替阿里帕夏的位子?"一个人问。"很难说,"另一个人回答,"这取决于下一项有关阿尔巴尼亚地位的皇家法令。如果阿尔巴尼亚被宣布为受诅咒的国家,并且按新的叫法,被施以极度恐怖制度,那就可能会把年轻气盛的忽尔希德帕夏留在那儿做总督。不然的话……""不然的话怎么样?"头一个声音问。"好吧,不然的话,也就是说,如我所料,法令宣布,要在阿尔巴尼亚实施一种更温和的制度,那么,被派去的就可能是年迈的卡拉贾帕夏。"

他们继续推测,谁将被派去阿尔巴尼亚,而阿普杜拉则在想,近日来,在国家的所有机构中,最热闹的当属印令宫。帝国上下有一百万官员,其中一千四百人的命运与这座宫殿直接相关,他们是帝国里地位最高的官员。宫殿门前立着笨重的柱子,柱子上似乎有金色的锈斑。最高官员的任命书都出自这座宫殿,包括维齐尔,大维齐尔,军队的两位总司令,欧亚两大洲的贝伊莱尔贝伊①,实行极度恐怖制度、旧称"诅咒之地"的各省总督,昔日被称为"福地"的各自治省总督,实行"咔-咔"制的去民族化地区的执政官,宣布进入例外状态的地区的执政官,所有陆军司令、海军司令(他们也被称为"海之帕夏")、最高使节、国家检察长,以及四大长官:帝国银行行长、中央档案馆馆长、私语宫宫长,以及塔比尔-萨拉伊②,也就是梦宫的宫长,看

---

① 贝伊是奥斯曼帝国时期对长官的称谓,亦作"巴依"。贝伊莱尔贝伊(Beylerbey),意为"众贝伊之贝伊",是奥斯曼帝国的省级最高行政职位,相当于监管其他地方总督的大总督。

② 在土耳其语中,"塔比尔"意为"梦","萨拉伊"意即"宫殿"。

名字就知道，梦宫是负责解析公民梦境的中央机构。除高级神职人员直接由伊斯兰长老任命外，权贵阶层的职位分配都在这里进行。在印令宫里，他们的等级和特权被更加细化，逐一规定：他们的待遇，他们的官阶，他们在政府的会议大厅、皇家大厅，乃至在庆典、送葬队伍和官方晚宴中的出场顺序，最后，还有他们在国家公墓里的位置。所有的法令也都从印令宫发出，有勋章颁发令、提拔令、罢免令、人事变动令，还有一种法令，这种法令会给某个官员冠以"黑暗"的头衔，然后，要么以"哈伊尔圣旨"赦免他，要么以"卡提尔圣旨"取他的首级，等等。

日复一日，阿普杜拉在广场上，在耻辱龛旁，通过只言片语得知了这一切。起初，这些流言散布在人群嘈杂的低语声中，如同杂乱工地上的石块和其他建材。可是渐渐地，所有的语句都顺着规律的线条排列、匹配，在阿普杜拉的脑海中描绘出整座帝国大厦的草图。接着，也不知是怎么的，他感到，这座超级大国的宏伟大厦在他心里被一种持续不断的冲突所啃噬。起先，阿普杜拉很悲伤，不过他很快就领悟到，几个世纪以来，国家已经习惯了这种冲突。世俗势力与宗教势力的对抗、各阶层与各族群间的斗争（斗争的回音从远方传进了他的耳朵）、流言蜚语、仇怨积恨，甚至是偶被揭穿的秘密誓约,都无法威胁到这个强大的国家,因为有个人居于一切之上,居于两方势力和所有阶层之上,监视众生,令人生畏,他就是安拉在人间的助手,帕帝夏皇。可是,尽管这个想法让阿普杜拉稍稍安了心,可他还是纳闷,这场激烈的厮杀因何而起。不过,每当向自己发问时,他的脑子就一动不动,仿佛前面是一口漆黑的井。似乎他的能力就止步于此。就连广场上的喧哗,这部可怕的百科全书,也无法对此作出解释。每当这时,国家的运转机制就呈现在阿普杜拉的脑海中,如同一个个巨大的齿轮,在黑暗中沉闷地嘎吱作响,齿轮上流着黑乎乎的水,那水来自帝国八百年的基底。

嘈杂声中,阿普杜拉的耳朵随处都能捕捉到"青铜"这个词。有时,阿普杜拉觉得这个词就像一束微光,照在那个谜上。不过这束光太过微弱,瞬间就淹没在了黑暗中。阿普杜拉随处都能听见反对的声音,反对废除名为"提马尔[①]"的经济制度,所谓"提马尔",就是作为服役的奖赏分给军人的土地。虽然提马尔属于

---

① 奥斯曼帝国时期的土地制度,即将土地分封给战争中有功的军人作为采邑,称为"提马尔"。该制度允许农民世代使用其小块土地,作为缴纳轻微赋税和承当劳役的报酬,而军人如果不履行其军事义务,其所拥有的提马尔将被剥夺。

国有财产,但长久以来,提马尔中的"奇夫利克①",也就是私有地产,却如雨后春笋般,越来越多。正是帝国土地的这一分配方式,让军人阶层预见了衰落和混乱的征兆。有人说,伊斯兰长老给苏丹寄了一封陈情书(有两个人恰好站在耻辱龛的下方谈论这件事,阿普杜拉听见了,心想:"噢真主,又是这些蠢货!"),就连在伊斯兰长老的这封陈情书中,这一做法也被指为国家军事衰微的原因之一,进而导致了国家的政治衰败……阿普杜拉听得有些发懵。诸如利息、地租、货币流通、经济这样通俗的词,是否会与名为"国家"的宏伟机器有关,又是否会与国家或辉煌或不堪的事迹有关?"不,"他想,"这不可能。不,无论如何都不可能。那两个人不过是从疯人院里逃出来的瞎话精……虽然……"

一时间,他的思绪在这个晦涩的谜中变得迟钝。接着,他松了口气,将思绪转移到了国家的外部建筑上。对此,他的了解和礼宾司司长一样透彻。比如,在官方仪式上,帕夏辖区的总督即便官居一品,也绝不能排在诅咒之地的总督前面。听说有人连这都不知道,他就会

---

① 即可继承的私有地产。16世纪起,提马尔制遭到破坏,军人逐渐将手中的提马尔变为奇夫利克。地产上的农民只能被迫接受租佃条件,否则就要被逐出土地。

面露讥笑。可即便如此，还是有些事令阿普杜拉不解。比方说，他就弄不明白，尽管梦宫的宫长是个四品官，甚至只有帕夏的头衔，只管一个部门，可他却是唯一有权不在伊斯兰长老面前鞠躬的人。要知道，在威严的长老面前，所有维齐尔都战战兢兢，而他却好像不知道是谁在负责（啊，真可怕！）替苏丹起草法令似的。

一整天，阿普杜拉都在脑子里反复咀嚼这一切。这些事既令他着迷，又让他害怕。如今，身为高官之一的阿里·德·特佩雷奈死了，整个高官阶层都心惊胆战，就像遭遇了地震似的。印令宫的灯肯定又一直亮到了半夜。所有事务都要在那儿处理。他们正在筹备官员的变动，虽然帝国辽阔无边，然而就连最偏远地区的官员也被考虑在内。为了争夺最富饶的帕夏辖区，官员们你争我斗，张牙舞爪，为了职位，他们争得头破血流，甚至写起了匿名信。

而他，阿普杜拉，只是个芝麻小官。不幸的是，他在广场的角落里尝到了权利的滋味，就像那些喝不到酒的人，光是闻到酒窖里散发出的蒸汽就陶醉不已。他永远不会与那座宫殿发生任何关系。假如哪项法令提到他，唯一的可能就是他被判了死刑。"卡拉·阿普杜拉叛国谋反……首级安放于此……耻辱龛中。"

他一阵哆嗦，接着挺直了身子。广场上的嘈杂声越来越大，再度传进他的耳朵，如同一则则报刊标题。整个巴尔干半岛西部都处于警戒状态。阿里·德·特佩雷奈谋反，希腊借机骚动。与权利阶层来往密切的人们低声议论，说财政大臣 V. V. 想向黑暗阿里的年轻遗孀求婚。还有人断言，打算求婚的是大贵人哈莱特，他的妻子两个月前因乳腺癌去世了。倘若阿尔巴尼亚的局势正常化，海德尔帕夏可能会被派往那里。据说阿里帕夏的遗孀，美丽的瓦西丽姬声称，任何一个男人都无法取代她的丈夫，伴她左右。京城中，人们只谈论大维齐尔关于有限自治的声明。下周，京城将为得胜归来的大红人忽尔希德帕夏举行庆功宴。他似乎要平步青云了。有些人甚至预测，他将出任大维齐尔一职。正午左右，铜价又会下跌。阿普杜拉的压力也一样。

阿普杜拉面露苦笑。"大红人，"他机械地重复道。在高档的咖啡馆里，时髦的小年轻们都蓄起了"忽尔希德式"的胡子。但凡是个贵妇都对他梦寐以求。对他梦寐以求的，或许还有……阿普杜拉自己的妻子。一瞬间，阿普杜拉目光涣散。接着，一束异样的微光从他身上掠过，如同一只石貂。

第五章　在帝国的边疆

阴天

一辆货车由牛拉着,在半冰冻的泥浆中艰难前行。到处是凌乱的干草垛,有的被过路的马给啃了,有的被雨水泡得腐烂。这些草垛就像衣衫褴褛的幽灵,见战争已经结束,暴风雨已经过去,于是趁着大家不注意,悄无声息地靠近了路旁。风停了,经过这些日子的动乱,天空成了一团云做的胶质,偶尔落下一声雷,如同一副了无生气的身躯。

在松脂般的天空下,在那个刚刚投降的省里,政府宣令官在走遍所有的城市、乡镇和村落,宣读京城发来的皇家法令:"大帕夏区的奴隶们,拉亚们①,直到昨天仍受黑暗阿里统治的阿尔巴尼亚省的臣民们,苏丹宽

---

① 奥斯曼帝国时期的非穆斯林臣民,社会地位低下,税负繁重。

恕你们。只要你们立即缴械，便可安心地吃你们的面包。陛下命你们即刻脱去鲜亮的衣裳，从今往后，只穿灰色或黑色的厚羊毛大衣。你们不得留蓄头发，要戴牛皮菲斯帽①。今后，你们不得骑公马，只准骑母马和骡子。你们要堵上烟囱，再不许通过青烟与安拉的天空直接沟通。等到你们连同你们的衣服、牲口和孩子都熏得漆黑，青烟才能从窗户和大门一团团排出。要想摆脱这一切限制，除非你们以行动而非口舌向苏丹证明，你们已经从脑子里驱除了一切造反的念头，驱除了关于黑暗阿里的记忆。"

人们跨过门槛，走出房门。他们有的站在田边，有的倚着旅馆的门，面色惊慌地听着，一言不发。甚至当政府宣令官背过身，踏上了去往邻村的路，他们依旧沉默地待在原地。他们双唇紧闭，不时将头转向田野，仿佛要为新颁布的法令找个更好的解释。一年来，他们受战争所迫，弃田地于不顾，任其一片荒芜。荒野里到处是积水的弹坑，乌鸦和喜鹊成群结队地飞舞在荒野上，四处勾勒出狂乱的图形，发出诡异的叫声。田野在人们面前展开，带着一种广泛、萎靡而又阴沉的痛苦，这是

---

① 又称土耳其毡帽，直身圆筒，通常带有吊穗作为装饰，常见于奥斯曼帝国统治下的穆斯林地区。

麦田不育（他们都知道女人不育是怎么回事，于是他们就想象着，土地流产是个什么样）所造成的。只需盯着田野看上片刻，只需瞧上一眼那片荒地，人们就会明白，从今往后，最大的痛苦已经铸成，连皇家法令也无法增其分毫，就好比喜鹊聒噪的叫声，无法给冬季的大地增添半分悲情。

如今宣读的这些法令古已有之，由古稀之年的官僚们起草，而且写得很糟。人们从皇家档案馆历经百年的档案中取出这些法令，作一番修改，使它们勉强适用于时代，适用于泱泱大国的不同省份。对此，人们已习以为常。几个世纪以来，政府宣令官们来回奔走，可阿尔巴尼亚省却变化不大。在那里，天与地始终时而相处融洽，时而彼此不和，于是，有的季节丰衣足食，有的季节生活困窘；太阳参与了这一切，而月亮却假装与一切保持距离；最后还有苏丹，他远在某处，位于世界中央，并从那儿降下大灾大难，搅乱人们脚下的土地和头顶的天空。而人们对苏丹的愤怒也是古已有之，油然而生。"阿尔巴尼亚省……"在一次官方宴会上，英国大使对高级议员哈莱特说，"据我所知，这个地区森林密布，遍地是沙石，到处是愤怒的云。假如谁足够心灵手巧，能摘到这些云朵的话……""假如……"哈莱特微笑着打断了他，"再者说，这活儿毕竟要比摘棉花难一些，不是吗？"

当时，尽管人们到处大肆嘲讽阿里帕夏的叛乱，可叛乱尚未爆发。显然，英国大使很想给政府把把脉，了解一下这场威胁帝国的暴风雨。

雷声滚滚，从远处传来。政府依旧岿然不动。笨重的国家机器在不停地转动：历经百年的私语宫、战争部、内政部第四局、外务部、梦宫。一切都在等待。

然而，阿尔巴尼亚发来的最新报告证实，据各方预测，阿里·德·特佩雷奈这头老狮子没能联合阿尔巴尼亚上下的旧恨。他只得以一己之恨，对苏丹发动了战争。

"帕帝夏的奴隶、拉亚们，"政府宣令官扯着沙哑的嗓子，继续在冰冷的空气中呼喊，"如今战争已经结束……"

他独自一人，反抗苏丹，就像几年前卡拉·马赫穆德·布沙特利那样。有几个阿尔巴尼亚的帕夏经常这么干，他们的脑袋被一股疯狂的勇气点燃，一心只想着打仗，要是苏丹不召他们去大型战场作战，他们就觉得受到了冒犯，要么转而攻打苏丹，要么在不知该帮哪一方的情况下盲目进犯邻国，他们攻打威尼斯、奥地利，以及任何挡住他们去路的国家。

在很多方面，阿里帕夏都和他们如出一辙，不过他在各个方面都比他们更胜一筹，而且，与他们的缺乏理智不同，阿里帕夏很有智慧。可是，阿尔巴尼亚人却并不拥戴他。几年中，尽管身为他们中的一员，阿里帕夏却将他们压榨得连骨头都不剩，和那些土耳其帕夏并无二致；他征收重税，令人民不堪重负；与所有维齐尔一样，他压迫人民，甚至更加残暴；他还对人民处以绞刑，让他们在针尖上跳舞，戴着镣铐，百般受辱。因此，当阿里帕夏与苏丹正面交锋，并且迫不得已，号召人民前来救援时，人民却装聋作哑。在阿尔巴尼亚人的一生中，去打仗要比去参加秋天的婚礼更开心、更自然，可他们并未行动。暴君们大可自相残杀，互戳双眼，拉扯胡子，这都与他们无关。

战争似乎就要打响了。维齐尔——一方面，他仍是阿里帕夏；另一方面，由于黑夜降临在他的身上，他如今成了黑暗阿里——的使者们疯子般冲破了冬日的暮色。他们的挎包里装着印章、锁链和黄金，可这一切都帮不了他们。人民的耳朵聋了。

接着，头一批战车、步兵部队、湿漉漉的大炮、总参谋部、绘有新月或写有古兰经文的旗子、后勤部队、音乐家、刽子手和流动商贩相继出现。这场面历史悠久，和帝国的法令一样出名。四百年来，这场面周而复始，无休无止，如同在噩梦中一般。

这一大群人乱糟糟地在城堡周围摆开阵势,阿里帕夏最后一次向他的同胞们呼吁道:"你们都看见了,来助我一臂之力吧!"可他们依旧没有回应他。事实上,他们压根儿就没为他着想。比起他的命运,更令他们悲伤的,是被战车车轮压过的土地,是路上被拉大炮的马啃过的草垛。他们抛下阿里帕夏,独自与他的大炮和部队做伴。

现如今,一切都结束了,他们觉得有些惋惜,这股情感隐隐约约的,仿佛被稀释了一般。他们之所以觉得惋惜,主要原因在于,一来,阿里年事已高(无论是民间史诗还是官方史书,都从未提到过其他的例子,说年逾八旬的维齐尔发动起义),二来,他的儿孙们——他们个个都是帕夏和贝伊——弃他而去,归顺了苏丹,实在凄凉得很。然而,失望了四分之一个世纪之后,眼见伤痕累累的土地,人们除了同情阿里帕夏,更同情他们自己。不过他们觉得,被战争掘开的大地已经开始恢复新生,开始抚平战争在大地的脊背上留下的窟窿和裂痕,虽然极为缓慢,但却不屈不挠,而他们则和大地一样,也将使他们周围和他们身上能够再生的部分重获新生。

在阿尔巴尼亚省覆满冰霜的路上,政府宣令官们继续宣读着法令,不过人们深知,从法令的宣布到法令的执行，将是个血流成河的过程。没人会冒险越过这些血河，所以人人都穿着过去的衣服，照样骑公马，继续以自己的方式理发，青烟也依旧从他们的烟囱里冒出，升上天空。

四百五十年来，作为迟暮之年的奥斯曼帝国的一员，阿尔巴尼亚经历了一个地区所能经历的一切命运。一三七九年，阿尔巴尼亚首次被征服。此后，阿尔巴尼亚诸公国要么被削减兵力，要么承诺臣服于苏丹，如同过去的官方文件中所称，阿尔巴尼亚被宣布为"受惠之地"，也就是"福地"。领主、伯爵、公爵和亲王们一个个骄傲不已，他们将自己的纹章和标志——隼、鹰与头戴皇冠的雄狮，狼与鸢尾花——换成了奥斯曼帝国的符号。他们还同意更改历法和日间的时刻，满以为他们将要遭受的磨难不过如此。然而，这不过是一段短暂的安宁。忍耐了五十年之后，他们发现，奥斯曼帝国的占领并不仅仅是纹章和历法的问题，于是，他们忘记了纠纷，忘记了敌对关系，团结一致，在其中一个名叫斯坎德培·卡斯特里奥特的人的领导下奋起反抗，掀起了一场骇人的叛乱，那段记忆至今仍令这个泱泱大国震颤不已。再度被征服之后，政府宣布阿尔巴尼亚为"诅咒之地"，并在六十年中对其施以极度恐怖制度。经过此番艰难的考验之后，这个受罚的国家又落入了国家中央档案馆的魔爪，档案馆依据可怕的"咔－咔"学说，对阿尔巴尼亚进行了全面的去民族化改造。三个世纪之后，去民族化进程毫不奏效，于是便中止了——这事发生在几百年前——而令众人惊讶的是，帕帝夏颁布了一道特别法令，开头写道："阿尔巴尼亚在朕的心里。"于是，这个惨遭杀戮的省份又一次被宣布为"福地"。自此，阿尔巴尼亚不但由当地的帕夏来统治，而且还很快跻身少数享有特权的地区之列，帝国的最高官员也出自这里。没有哪个国家像这个巴尔干半岛上偏居一隅的国家一样，向帝国输送了如此多的帕夏、海军司令和维齐尔。在二十世纪的四十九位宰相中，就有十一位来自阿尔巴尼亚。在这些奥斯曼帝国老一辈的贵族精英身边，一个新的统治者阶层成长起来。有人说，昔日阿尔巴尼亚英勇的亲王、公爵和男爵们又复活了。事实上，如今的阿尔巴尼亚众帕夏在有些方面很像他们的先辈，比如他们残暴的性格，他们的野心，还有他们所辖地域的划分，然而，在其他诸多方面，他们却与先辈有所差别。奥斯曼帝国长达四个世纪的统治毕竟留下了烙印。一种极度的麻木不仁，一种复杂的亚洲情结，如同土耳其浴室里闷人的蒸汽一般，无时无刻不压迫着他们的思想。透过这层水汽，有太多的东西他们辨认不清，他们眼中所见都已变形走样。不，他们截然不同于阿尔贝里①过去的领主，不同于那些英勇的巴尔沙、托比亚、杜卡金、木扎卡和卡斯特里奥特族人，这些人的形象十分久远，或覆着白雪，或蒙着薄雾，唤起深深的乡愁。

几年来，奥斯曼帝国的贵族精英对阿尔巴尼亚的封建主所享受的优厚政策表示反对。权贵们拍着胸脯抗议道："为了跟阿尔巴尼亚分享权力，咱们流了多少血啊！而这个多疑的国家却自认为高人一等，把别人都当成拉亚来对待。"嫉妒之情让他们喘不过气来，患上了哮喘，最后，他们给苏丹写了匿名信，却并未改变苏丹对阿尔巴尼亚的政策。有人为这项政策辩护，他们声称，在辽阔帝国的所有成员国中，阿尔巴尼亚是头号叛乱分子，而只有采取这项政策，才能制服阿尔巴尼亚。在政界，人们常说一句话，这句话出自高级议员哈莱特之口，几乎成了格言："您抱怨我们授予阿尔巴尼亚人的官位和头衔？可是，请您相信我，对于一个国家而言，这些官位和头衔比任何伤口都更加致命。"年迈的权贵们私底下笑道："哈哈！勋章是不祥之物。他们在给咱们发勋章的时候那么抠门，原来是因为这个。继续吧，继续拍阿尔巴尼亚的马屁吧！"

---

① 阿尔巴尼亚的古称。

这就是拍马屁的后果。这就是黑色心肠、忘恩负义的阿尔巴尼亚。如今，极度失望过后，帝国上下都在等待，等待看到惩罚如飓风一般，席卷这片忘恩负义的土地。

叛乱被镇压后，世界仿佛陷入了沉寂，可事实上，一切都没有改变。那股历经四百年的愤怒，依旧重重地压在阿尔巴尼亚广袤的领土上，而反叛庞然大国的念头就像那里的气候，无所不在，永恒不变。

那个年轻女子的黑色长裙擦过地面，发出沙沙的响声，在她身后扫起灰尘和沙砾，间或还有半烧焦的弹壳。被攻克的城堡宛如一座迷宫，阿里帕夏年轻的遗孀走在迷宫里，身边跟着一小队随从：两个贴身的侍女，一个建筑师，还有一个苦行僧打扮的内政部官员。那一小队人静静地跟在年轻寡妇长长的身影后面，随着她的节奏，或减慢脚步，或加快步伐，她停他们就停，她走他们也走。一行人静悄悄地走着，一路上，随从们都与她保持距离，只有那个内政部的官员偶尔破例。

人们正在寻找战败的维齐尔安放财宝的地方，他们认为那地方被藏了起来。年轻的寡妇走遍了所有的房间和地下墓穴，希望能想起来在哪儿看见过可疑的工程，或是在她看来外表异样的工程。

阿里的人头刚被送走,他的财宝就由一支九百人的护卫队运往京城了。而正当人们预计京中会有人前来,对送去的金币和珠宝表示感谢,或单纯表示满意时,只见帝国银行的一位副行长匆匆而至。迎他下车的人被禁止目视他下车,首先映入眼帘的,是一团长方形的物体,那不过是他的两条腿,之后是双腿的延伸部分,也就是这位财政官的身子和脑袋,仿佛他的身体长得没边似的。他命人即刻带他去见忽尔希德帕夏,好叫他知道,经过漫长而复杂的计算("安拉,"忽尔希德帕夏心想,"他们哪儿来的时间做这些计算啊!"),卡拉·阿里的财宝似乎并未完全找到,所以,京中下令找到余下的财宝。忽尔希德帕夏感觉自己的手变得冰凉。接着,当唾液再度在他口中分泌,让他足以开口说话时,他告诉那个脸色阴沉的官员,倘若真的遗漏了一部分财宝,他将专门下达一道命令,不惜一切代价,找到余下的财宝。当他以沉着的口吻说出这番话时,一个念头弯弯曲曲地滑过他大脑的最深处:世上竟有像这位财政官一样的人,让他这种阴森可怖、身材奇长的人活在世上,简直大错特错(更何况还让他给政府捎信)。他惊慌失措极了,以至于彼时彼刻,他心想,世间一切的恶都应该归咎于那些身材过长的人。当他走远后,忽尔希德帕夏首先下了一道命令,再次对城堡中的犯人严刑拷打，接着，他命人将败寇的遗孀带进了他的帐篷。根据高门的直接指示，她将即日启程，前往京城。

他听人说起过瓦西丽姬，但从没见过她。婚后，阿里从未出席过任何官方晚宴。当然，她很美，不过没他想象中的那么美。可不管怎样，倘若宫廷礼宾司不将她带走的话，他倒很愿意将她纳为妾室，甚至还可能娶她为妻（既然这项权利已经不属于那个让她守寡的人了，那么除了他，这项权利还能归谁呢？）。

瓦西丽姬就那样注视着他，没有恨意。这个打败她丈夫的人本以为，她看到自己会惊叹，结果却并不如他所料。要是换作别的情况，忽尔希德帕夏本可以让她为这份不屑付出沉重的代价，不过此时此刻，他还挂念着那些财宝。他抛开了这次会面的戏剧性，抛开了会面中一切令人煎熬，又令人激动的成分，因为在战胜敌手之后，他获得了属于敌手的一切权利，在这些权利中，首当其冲的就是瓦西丽姬。他抛开了这一切，甚至忘了自己相对年轻的岁数（他才四十六岁），用连他自己都觉得奇怪的声音对她说："听我说，孩子。"

他不慌不忙，以一种平等的口气和她聊东聊西。不经意间，他说起宝藏的事，既没威胁她，也没求她，更没同情她。年轻的寡妇不时点头表示赞同，谈话的最后，她又像之前那样点了点头。

帐篷之外，城堡门前，停着一架马车。那是送瓦西丽姬进京的车，自早晨起就停在那里。无论能否找到财宝，她都要在当天下午踏上这段漫长的旅途。

在迷宫般的城堡里，瓦西丽姬觉得自己又在某个角落看见了忽尔希德帕夏的山羊胡子。他的胡须泛着古铜色的光泽，就像一盏灯，在熄灭前射出最后一缕微光。古铜色的反光十分自然，尤其当胡子的主人说到诸如金、银、铜这样的贵重金属时，这反光尤为自然。"你很年轻，"他对她说，"一旦你到了京城，肯定很快就会有教会或政府里的达官显贵向你求婚。""对，没错，提亲的人将会蜂拥而至。"他接着说。与此同时，他握住了瓦西丽姬的手，天知道是为什么。那一刻，瓦西丽姬觉得他自己也要向她求婚。可他什么都没做。他继续和她聊天，说她很年轻，说男人的坏名声不会玷污他的妻子，说她就像一张滤纸，净化了阿里身上的污秽，让他重新找回了自身真实的光芒。

行至一个拐角处，她在一段宽阔的垛墙前停下脚步，望向远方覆满冰霜的平原。这个冬天把整个世界都冻住了。一个星期以来，没有一丝阳光照亮广阔无垠的灰色天空。她无法相信，有朝一日太阳会再度出现。难道太阳不会被沿着地平线砍掉吗，就好比太阳是地平线的脑袋，被齐着肩膀砍掉？

她闭上眼睛,可立即又把眼睛睁开了,因为闭上眼睛让她觉得更加危险。她重新迈开脚步,随从们则跟在她沙沙作响的裙子后边,悄无声息地走起来。回廊中寒气袭人,壁龛和墙壁上布满了长方形或菱形的霉斑。她时不时瞧一眼那些霉斑,但凡她的眼睛看过的地方,立马就被内政部官员和建筑师的眼睛盯上了。那个建筑师隔着几步,跟在队伍后边,匆匆在本子上做着记录。

她有一双大眼睛,眼皮之间卯着股劲儿,就像要跨过一道裂缝似的。可以看出,她正努力回忆着什么。黑色的眼珠时而滑向裂缝的边缘,自顾自打着转,仿佛要钻进脑袋里,再也不露面似的,只留下毫无生气的眼球,几乎完全被凝滞的眼白覆盖。然而就在最后关头,眼珠悬崖勒马,逐渐回归了原位。遇上这种情况,建筑师标在本子上的符号就更加明显。每过一个这样的时刻,找到余下财宝的希望就增添一分。

其实,她并没在寻找那部分尚未发现的财宝。她寻找的是他,是她的丈夫。她觉得这些墙壁和壁龛对她有所帮助,能够帮她发现丈夫瞒着她的事。

相对而言,他们的夫妻生活很短暂。她意识到,自己对他的了解还很不够。要不是围困期间二人长时间待在一块,可以说她根本不了解他的性情。不过近几个月来,忽尔希德帕夏的军队把阿里逼得走投无路,如同身

109

陷地洞一般，于是他便闭门不出，和她一待就是几个小时。据说很久以前，他也做过同样的事情。那时他十八岁，青春年少，母亲将古尔苏姆许配给他。这姑娘身子很弱，比他还要年轻。他俩共处一室，一待就是几个小时……两个女人之间，绵延着他生命中的六十载年华，而他的命却不属于任何人。瓦西丽姬曾试图潜入那片地带，可还没走几步，她便感觉失去了方向，仿佛置身沙漠之中，她害怕极了，于是向后退去，逃了出来。最后几个月里，这位斯芬克斯①反倒独自诉说起来。

秋末的一天夜里，不见月亮，只有几颗远星，挂在空旷的苍穹之上，仿佛被风吹散了似的。他们俩彼此挨着，睡在西塔楼的一间房里，从这间房里，可以看见一片秋日的天空。这时，他若有所思地对她说：

"我要向苏丹开战。"

起先，她没有答话，甚至连头也一动不动。过了一会儿，她仍旧盯着远方闪烁的星星，缓缓地问道：

"向苏丹皇开战？"

他没有点头，而是动了动下巴，表示肯定。

"可他是世间的灯塔。"她说道，与此同时，她感

---

① 古埃及神话中狮身人面的怪物，也见于西亚和希腊神话。文学作品中常用以喻指神秘莫测的人物，此处指阿里帕夏。

到自己加快了呼吸。

"这座灯塔,我要熄灭它!"

与其说这句话是被他说出来的,倒不如说是被他喘出来的。

她眯了会儿眼睛。"多美啊。"她没来由地说。"多美啊。"她重复道,依旧没有对自己的话作出解释。听着他的呼吸,她渐渐打心底里明白了为什么会这样。对一个女人来说,听见同睡一个枕头的丈夫对自己说"我要熄灭世界之灯",口气自然而平静,而不是像无数男人在睡前或做爱时说"我关灯了",这难道不美得令人害怕吗?

"可那样天就黑了。"她说道,这样说并不是为了反驳他,而是为了让他多说几句。

"我知道。"他干巴巴地说。她的手轻柔地抚摸着丈夫的胡须,她将嘴唇凑到丈夫耳边,悄声地问:

"你为什么要这么做?"

起先,他一言不发。铜烛台泛着苍白的光。光线中,她觉得丈夫的下巴、眼睛和眉毛都变得模糊不清,一团混沌,而战争的原因就在这团混沌之中。阿里自己也试图弄个明白,可显然他做不到。于是,他简单地答道:

"这件事,你是不会懂的。"

瓦西丽姬并无愠色。她继续轻柔地抚摩丈夫的胡子,那动作让她丈夫觉得舒坦。"你为什么想爬得更高?"她一边抚摩,一边在脑中问道。"为什么不往低处走走?比起再度攀高成为超人,往低处走走,贴近常人的生活,这难道不更加合情合理吗?当然,和一个心怀战争大业的男人睡在同一个枕头上是件美妙的事,更何况这个男人都决定要发动战争了,不过,这样的幸福是否太触不可及了?"

有时候,她会躺在松软的沙发上胡思乱想,每当这时,她都会萌生一股罪恶感,觉得自己只是个女人,而不是他的妻子。"你是他的妻子,"她心想,"在这地跨三个大洲的帝国里,你的丈夫可是除苏丹之外最强大的男人。你怎么能忘了呢?"可想到自己是他的妻子,她便会产生一股冰冷的、遥不可及的喜悦之情。这股情感掠过她的身侧,的确让人喜悦,不过它就像梦中的晶光,一闪而过。"维齐尔啊,如雷震天响!"有一首献给他的歌就是这样开头的。她觉得,这句歌词很好地展现了他的形象。他不止是个男人,不止是帕夏、大臣、肉体、骨骼和白发,他还是自然中的一声咆哮。难怪她有时候觉得,自己嫁给了一座雪山,嫁给了整个冬天。闪电、雷鸣、白雪是她的首饰,可是,她能用它们来打扮自己吗?她开始怀念送她出嫁的亲朋好友,怀念那场普普通通的婚礼（啊！亲朋好友们出现在山口，他们身穿黑色长裤，奥彬伽鞋①顶端的红色绒球如火星般跳跃，随之出现的还有他们的白马，一声声枪响，以及波西米亚人手中的铃鼓），怀念之情不时从她心里升起，升上城堡的高塔。她一面驱散这股情绪，一面高声重复说，命运为她预备了一次伟大的人生，让她待在一个伟大的男人身边。她是天啸的妻子，这声天啸就像笼罩世界的时间一样，笼罩在人们头上。

可是，他真有那么伟大吗？这一周当中，即便是在最私密的沉思时刻，她也从没问过自己这个问题。这个问题独自辟出了一条路来，不过问题本身并未逗留，倒是它苍白的反光悄然靠近，挥之不去，在远处闪着光，静静地闪着光。这时，她就像是被这束红光打败了似的，想起丈夫的身体被从楼梯上拖过，想起丈夫的背撞在台阶上，发出沉闷的响声，想起他伸在身后的双臂，想起他人头落地，接着，这一系列动作又从头开始——啊，人头落地的时间可真够长的！——直到最后，土耳其弯刀的耀眼刀刃将世界一分为二。

她在几十步开外的地方亲眼目睹了这一切，没闭一下眼睛。接下来的几天里，她看着镜子里自己的眼睛

---

① 阿尔巴尼亚男性所穿的传统皮鞋，鞋前端饰有绒球。

说："你们快瞎掉吧！"就像是为了弄明白，为什么她的眼睛这么不中用，为什么要一直睁着，原本连天空都该闭上眼睛，免得看到人头落地的骇人景象。

"原来是这样，是你的死！"她心想，与此同时，他的脑袋滚到了第二级台阶上，而他的背和胳膊仍在第一级上，"你想用你的死来震惊世界。"这时，她睁大了眼睛，她确信他会创造奇迹，会重新站起来发号施令，可那颗脑袋却滚到了第四级台阶上，他的一条胳膊向脸上甩去，而他的背仍在第三级台阶上。最后几个星期里，他在绝望的时候常常对妻子说："你和死亡是我仅有的财富，谁也不能从我这儿把你们夺走。"冰凉的月光下，她躺在床上，一丝不挂，而他则久久地凝视着她，反复说："你们俩的名字都以同一个字母开头①。"当他的脑袋滚到倒数第二级台阶上时，她觉得他就要站起来了，她感觉他的一条胳膊撑在地上，好让身体坐起来，可那颗脑袋又重重地摔了下去，背和胳膊紧随其后。他整个人缩成一团，一切都结束了。而在失去知觉之前，她最后想的是：人们就连他所渴望的死亡都没留给他，不论是死亡，还是我，什么都没留给他……

---

① 阿尔巴尼亚语中，"死亡"一词为"vdekja"，与瓦西丽姬的名字"Vassiliki"一样，均以字母 V 开头——法译本注。

年轻寡妇的眼睛依旧盯着菱形的潮湿斑点，看了好一会儿。回廊无穷无尽，寒气冻彻骨髓。"财宝依旧没被全部找到，"她隐约想道，"缺了点东西；总之，还是缺点什么东西。"而她在找的，却是他。和财宝一样，他也缺了点东西。

他们就快走到雄伟的纹章大厅了。有一天，她在纹章大厅里见到了他，他站在大厅里，若有所思，眼睛出神地看着某些铜饰。大厅的建筑师和约阿尼纳①的一名顶级画师刚刚离开。"这是什么？"她问他，同时看着那些铜牌，它们既不像女人的首饰，也不像男人的佩饰。她将自己的想法告诉了他，他笑了，不过笑得很冷，与那些饰物的色调一样。"你说得很对，"他说，"这些既不是女人的首饰，也不是表彰功绩的装饰品，而是国家的纹章。"

"国家的纹章！"她惊呼道。众所周知，这些纹章由历代伟大的帕帝夏设计并下令雕刻，年代相当久远。他头一回向她透露说，这是他即将建立的新国家的纹章。他继续不紧不慢地说着，口气严肃，而她则继续听着，目瞪口呆。现在她明白了，他要建立的是阿尔巴尼亚国。建立一个国家是件可怕的事，她甚至连想都不会

---

① 阿里帕夏辖区的首府，位于今希腊西北部。

去想。这让人联想到世界的诞生。就像一颗新的天体形成于宇宙尘埃中那样,阿尔巴尼亚将诞生于奥斯曼宇宙的尘埃中,诞生于混沌的焦虑中,诞生于每根烟囱背后的罪恶和阴谋中,诞生于有毒的晚餐中,诞生于睡梦中被割喉的人、雨中手提风灯的僧侣,以及头发中藏有匕首和密信的苦行僧中,诞生于叛变帕夏们的无政府主义中,诞生于卷宗浩繁的总理府中,诞生于间谍和无法无天的维齐尔之中,诞生于脑袋被砍、生前死后都如幽灵般游荡的"黑暗"帕夏之中,诞生于奥斯曼帝国古老的尘埃之中。

她轻声打断了他的话。"建立阿尔巴尼亚国?可阿尔巴尼亚不是早就存在了吗?不是斯坎德培建立的吗(她非常小声地说出他的名字,就像在说一个禁止在公共场合说的名字)?"然而他却沉下脸来,每当听到斯坎德培的名字,他的脸色便立马变得阴沉。他带着消沉的语调,又对她讲起来,大概的意思是说,虽然阿尔巴尼亚过去就已经建立,但在四百年前,它就紧接着被打垮,四分五裂了,他想把阿尔巴尼亚从地狱中解救出来。

他不停地摆弄手指,手指咔咔地响。说来奇怪,虽然这次谈话与别次不同,谈的事情很光荣,但却令他恼火至极。

"难呐，哎！多难呐。"他最后说道。他一反常态，叹了口气，眼睛盯着那本马基雅维利的书。最近他每晚都读这本书，书离他很近，就放在那张橡木矮桌上。

纹章大厅坐落在城堡北面，十分敞亮。厅内一如既往地寒冷，明亮的光线能让人的目光冻结。"为什么？"她很好奇，"为什么他不能这样做？还从没有人能阻止他做任何事情，如今是谁阻碍了他呢？是苏丹吗？可他不是说，自己轻易就能消灭那头衰老的骆驼吗？"

"到底是谁阻碍了你？"最后，她怯怯地问。

他猛地转过身，仿佛这个"谁"是一只亟须灭掉的老鼠，刚从大厅的角落里窜过。

"是谁？"她的声音很低，几乎听不见。

北面射来的光线落在他的背上，将他完全裹住，如同一条用透明绒毛织成的暖和毯子。

"到底是谁阻碍了我？"他重复道，"哈！哈！到底是谁阻碍了我？当然，没人能阻碍我。"

虽然最后几个字出口很小声，但事实上，他是吼出来的。只不过，这种吼声很特别，是他独有的说话方式，话说出口后，声音听起来很正常，然而在这些话里，却蕴含着吼声。

"阻碍我的是阿尔巴尼亚本身，"他低声说，"除了它没别人。"

瓦西丽姬没太听懂。她知道自己应当放弃这个话题。后来，她在回味这句话的时候，才逐渐明白了其中的含义。令他气愤和痛心的是阿尔巴尼亚本身……阿尔巴尼如同碎屑，从他指间四散，从他手中逃走，就像萤火虫似的，当你碰到它时，它只在你指间留下一抹磷光，别无其他。

她看见几个波西米亚人，他们正用一块名叫磁石的神奇铁块吸引金属块、钉子和铁屑。似乎正因为如此，才有必要将山峦、沼泽、雨水、话语、人群和云朵吸引到一块，将世间这些原本寻常无奇的面团，揉成他口中的"阿尔巴尼亚国"。可看样子，他并没有这种魔力。他有能力做任何事情，暴行、宫殿、桥梁、战争、外交，可他没法建立一个独立的国家。他不善此道。

国旗和国徽的雏形依旧在纹章大厅里，放在光洁的橡木桌上。不过，一个国家绝不会由此诞生。

在此后步步紧逼的几周里，事情于她而言越发明朗起来。私底下，他嫉妒从前阿尔巴尼亚国的开国者，斯坎德培·卡斯特里奥特。四个世纪前，而立之年的斯坎德培完成了在今天看来不可能完成的事；他反叛苏丹获得了成功，古老的阿尔巴尼亚毁于公国割据和土耳其人的入侵，他则在废墟之上重建了阿尔巴尼亚。然而对阿里来说，一切都太迟了。他已年逾八旬，尚无任何征兆显示，起义胜利在望。至于阿尔巴尼亚的复国大业，那还远得很。在重建阿尔巴尼亚之前，他必须击败一次又一次的御驾亲征。

不过更让他嫉妒的，是在将来成就这项事业的一国之君。因为他深感这项事业总有一天会实现。对此，他深信不疑。就算这位一国之君，这位阿尔巴尼亚未来的缔造者尚未出世，但或许他父亲已经出世了，就算他父亲没出世，他的祖父也一定出世了。正因为如此，阿里帕夏才踏上了鲜血之路，踏上了这条没人能够摧毁的古老大道，之所以无人能毁，是因为这条路受到了某种强有力的捍卫。然后，经过几个世纪的等待，他将横空出世，重整斯坎德培死后四分五裂的基业。过去有斯坎德培，将来有他，阿里·帕夏·德·特佩雷奈则介于他们二人之间，不知道历史会给这位咆哮的维齐尔留出怎样的位置。"在空中咆哮，如一串雷鸣"，那首献给他的歌中这样写道，写得很美。"可雷声太短暂了，"他说，"只有在月初和月末才听得见。"他别有期待。

有一回，一位名叫乔治·拜伦①的英国诗人到访城堡。在他离去后的第二天，阿里头一回和瓦西丽姬谈起

---

① 乔治·戈登·拜伦（1788—1824），英国19世纪初期伟大的浪漫主义诗人。

了"不朽"。拜伦是瓦西丽姬的第一个,也是唯一一个外遇,不过她的不忠尚未成型,既无眼睛、肉体,也没法开口说话。这是个意外。他生得英俊潇洒,走路微跛,又和她年纪相仿。在他的国家,他也是帕夏(在那里,帕夏被称作"勋爵"),和哈吉·谢瑞特一样,他也写诗。他在特佩雷奈的城堡里待了两天,第三天下午,他便踏上了去往希腊的路。风贴着地面一路刮着,仿佛在号叫,接着,在远方的某个岔路口上,风又像蛇一样昂起头来。她神情忧郁地坐在一扇朝南的窗户前,忽然发觉自己在想他。"神呐,保佑他吧!"她想,"他那么年轻,那么脆弱,他的诗又令他心境澄明,而他要去的地方却有许多陌生人,他们身上满是罪恶和鲜血。"她的眼睛盯着那条南边的大道,丈夫见她这副神态,仿佛从背后读出了她的心思,说道:"他启程的确有些迟,不过他不会有事的。他属于不朽一族。"最后几个词他说得很讽刺,因为他并不相信谁能靠诗歌而不朽。对他来说,诗歌就如同香脂;其本身毫无价值可言,只有当用以保存名人的躯体时才有价值。诗歌不过是烧酒罢了。

每当他们谈到不朽时(最后几个月里,这个话题他们谈得越来越多),她就知道,他们的交谈会绕开阿尔巴尼亚。这越发令她难以忍受。

一天（这是后来的事了，那时他举起了起义的大旗，同时宣布阿尔巴尼亚国独立），他在纹章大厅里想起了瓦西丽姬的疑问，于是，他便带她下楼去见他的敌人。他们身戴镣铐，被关在城堡的地牢里。瓦西丽姬跟着她丈夫和手持火把的人，心想："瞧，我们潜入了阿尔巴尼亚的地下世界。"她从前怎么就没想过，他们生活在这些囚徒的头顶上呢？

监狱是一片上有拱顶的凹地。起先，在这片饥饿的空气中，火把仿佛要熄灭，火把的微光则像一把巨大的十字镐，将一切搅得天翻地覆。接着，一切又都复归原位，他们看见了铁链。铁链很短，这样一来，犯人就无法躺在地上。犯人们半悬在铁链上，姿势各异，有的膝盖微曲，背靠着墙，有的身子侧向一边，还有的头、胸前倾，腰系铁链，链子拴在带环的螺钉上，最后还有一个人，他的身体完全贴着墙，让人联想到一幅浮雕。

阿里帕夏就在最后一个人面前停了下来。

"我说，你知罪了吗？"他问道。监狱里空气稀缺，词语仿佛刚一出口就掉在了地上。

那幅浮雕一动不动。看守将火把靠近他的头，阿里帕夏喊道：

"说话啊，你还没死吧？"

浮雕依旧没有动弹。

"不，不，他没死。"看守说。

"我建立了阿尔巴尼亚国，就在上头，"阿里帕夏说，"可你呢，你永远也不会看到。"

那个人身贴墙面，如同贴在一块铁砧上，阿里帕夏并没有将眼睛从他身上挪开。他等了两秒，四秒，五秒。突然，那幅浮雕微微动了一下。首先，他的一侧肩膀从满是砂浆的墙壁上剥落了下来，然后是背部，最后是脑袋。那人缓慢地移动，一直转到面向阿里帕夏，然后停住了，仿佛被操纵了似的。和其他所有犯人一样，他的眼睛也被剜去了。

"我说，"阿里帕夏说，"你现在知罪了吗？"

那犯人发出一声"哈哈"。在纯净的空气里，这本该是笑声，可这里是地底，这声"哈哈"不过是一阵堕落的灰尘，无声无息。

"哈哈！"犯人又一次发出了那种声音，"你在上头什么事都没干。"

他停了片刻。在他说话的时候，灰尘和干泥巴不断从他的发间落下。

"你什么事都没干，"他重复道，"因为你仍然是个帕夏。"

"你懂什么？或许就像你说的，我成了一国之主，"他将最后一个音拖得老长，语气轻蔑。"一国之主，"

他重复道,"你听见了吗?"

那囚犯将铁链弄得叮当作响,以此作为回答。

"帕夏,"他轻声咕哝道,"你是个什么样的人,我了如指掌……不过阿尔巴尼亚可不像你想的那样。"他的话仿佛从坟墓中传来,断断续续,就像半掩在土里似的。"你可以建帕夏辖区,但休想建立一个国家。阿尔巴尼亚不会如你所愿的……不会。"

"闭嘴。"阿里喊了出来。

"阿尔巴尼亚可不是你母亲韩珂。"

"给我打他!"阿里喊道。

看守觉得拿出枪来打他浪费时间,于是便抡起火把,向囚犯的头猛地一击。火苗一阵乱晃,灼热的火星和木炭掉在地上,一股头发烧焦的气味在空气中弥漫开来。那颗脑袋缓缓地垂了下去,身体也重新贴到了墙上。犯人又变回了浮雕。

瓦西丽姬觉得恶心。

走出监狱的时候,她在想,那个人由于在阿里帕夏的议员会议上说了那些话而被判刑,他刚才竟敢原封不动地复述出那些话,和当初一模一样,一字不差,仿佛瓦西丽姬他们和他一样,也被链子拴住了。"倘若要建立阿尔巴尼亚国,那得由一位阿尔巴尼亚的首领来建立,而不是由一位帕夏来建立。""你这话什么意思?"

阿里打断了他的话，"我不就是帕夏吗，莫非你想自己来当一国之主不成？""不，"那个人回答，"我的主人，你才是一国之主，但要想建国，你必须成为一位首领。""难道我不是首领吗？"阿里又问。"不，我的主人，"那人说道，他又一次使用了"我的主人"这个古老的阿尔巴尼亚语称谓，那是人们对阿尔贝里最早的伯爵和亲王们的称呼。"目前你只是帕夏，要成为首领，你必须抛弃帕夏的头衔。""哈哈！"阿里笑道，"你卖的什么关子？""我没卖关子，我的主人，当着你的面我要说真话：忘掉帕夏，成为首领吧，阿尔巴尼亚会爱你的。快行动吧，我的主人，趁现在还不是太晚，否则，阿尔巴尼亚是不会听你号令的。""够了，"阿里吼道，"把他给我铐起来！"

　　从监狱里出来，走进白天的日光里，瓦西丽姬觉得自己彻底懵了。她重复道："阿尔巴尼亚是不会听你号令的，不会。"她觉得自己双腿发软。阿里气得脸色发白。瓦西丽姬很清楚，那个囚犯无疑是在往他的伤口上撒盐。尽管他极力掩饰，但他对斯坎德培的嫉妒之情却在谈话中时有表露。阿尔巴尼亚听命于斯坎德培。不止是一两年，而是二十五年，甚至更长，不止是他生前的二十五年，就连在他死后的十一年间，阿尔巴尼亚都听命于他。如今，阿尔巴尼亚依旧准备听他的号令，归顺他的亡灵。比起健在的阿里帕夏,阿尔巴尼亚更愿意听命于斯坎德培的亡灵。

阿里帕夏与苏丹的书信往来一月少过一月。君主的来信越来越短,信件末尾的客套话也是一封短过一封,就像一件掉毛的裘皮大衣,昔日里光彩威风,如今却患了绝症。渐渐地,一切都被无情地磨去,最后光秃秃一片,露出了隐藏多年的真相。

他明白自己正面临困难时期,于是他火速派出信使,前往阿尔巴尼亚各地,赶在暴风雨来临前寻求各地的帮助。然而信使们却无功而返,只听见他们的靴子在马肚子下面咯咯地响。他们的脸蒙上了尘土,有种虚无的颜色和气味。北方地区一无所获,东边也一样。阿里先是恐吓他们,然后又好言相劝,接着又是恐吓,可他们唯一的答复就是这片满是灰尘的虚无。

"祖国的耳朵聋了。阿尔巴尼亚残废了,"他一边低声说,一边在纹章大厅里大步走着。"你老了,聋了,再也没法战斗了。"不过就连他自己也感觉到,他这么说是为了驱散心中的一部分怨恨。因为他很难接受一件事,那就是阿尔巴尼亚虽然有耳朵,却假装没听见。

有时,他会在二人共度的夜里对瓦西丽姬说:"我有罪。"那些夜晚天寒地冻,了无生气,仿佛属于一个蜡做的王国。"可你倒是说说,有哪个君主是没罪的!

我犯下的罪,有一部分是我母亲韩珂逼的,愿她安息。"作为阿里的第二位夫人,瓦西丽姬很庆幸,阿里的母亲在她尚未出世时就过世了。和妻子独处时,阿里往往对他的罪行更加念念不忘。他对她说起大屠杀,说起因潮湿而水流满地的牢房,说起一个叫卡尔蒂奇的村庄,他强迫村里的农民光着脚在插满尖刺的地上跳舞,说起维拉客栈的屠杀。现在,看他颧骨的紧张劲,看他鼻子的模样(她有时候觉得,那鼻子就像一口棺材,卧在他长长的脸上),瓦西丽姬就基本能猜到,他又想起了什么罪过。"可是,"他解释说,"这并不是关键。所有的巴尔沙、托比亚和光荣的卡斯特里奥特族人,他们都有监狱和铁链。不,还不止这些。"

有时,他觉得听到了马靴的响声。可如今,信使们基本上全都回来了。至于那些从最偏远的地方迟归的信使,只需听他们的马蹄声,就能远远地猜到,他们是空手而归的。

"聋子,"他牙关紧闭,在心底里喊道,"你为什么抛下我!当初一声号角你就奋起反抗,如今,成千上万的钟鸣怎么就唤不醒你?你聋得像个羊毛口袋!"

等他消了气,恢复了冷静的判断力时,他才明白,阿尔巴尼亚是在报复他。四十年中,他被权力和荣誉彻底吞噬,几乎都快忘了阿尔巴尼亚的存在。直到方才,阿尔巴尼亚对他而言不过是土地、法令、税收和法律；这不是阿尔巴尼亚，而是帝国的一个一级行省，一个被特别法令称作"福地"的地方。而他自己呢，在作为阿尔巴尼亚的首领之前，他首先是个大地主、高利贷主、拥有大片庄园的帕夏；在作为一个大叛乱分子之前，他首先是个大地主。对于能从利息、货币流通和地租的机制中获得什么，他了如指掌，好比最高明的经济学家。不，阻止他与阿尔巴尼亚和睦相处的不只是那些监狱，而所有这一切。他手下的军队比斯坎德培的更庞大，有更多的大炮、银两、装备和土地。然而，在斯坎德培发出第一声号召时，阿尔巴尼亚就听命于他了。"原因何在？"阿里苦恼地想，"他用什么蛊惑了阿尔巴尼亚？"人们说，斯坎德培或许缺乏装备、银两和大炮，但另一方面，他却有了不起的想法。"什么了不起的想法？"他差点喊了出来，"那些了不起的想法是什么？告诉我！"人们用颤抖的声音告诉他，斯坎德培被认为是文艺复兴时期最伟大的人之一，而这并不单单因为他是个战士，首要原因在于，他在当时领导了一项前无古人的事业：以一国之力反抗一个超级大国，并取得了胜利。他们说，这个想法不但伟大，而且具有世界性的意义。相反，阿里帕夏反抗皇帝并非出于如此宏伟的构想，而是因为一些难以启齿的图谋和利益。还有，当乔治·卡斯特里奥特将阿尔巴尼亚的所有领主都集结到同一面旗帜下时，阿里·德·特佩雷奈甚至还没和北方的布沙特利一族结盟。"可这次失败是我一个人的责任吗？"他一边在心底里埋怨，一边读着密报，密报上全是对他抱有敌意的流言，"布沙特利一族就没有责任吗？"不过，流言压根儿不管这些。他与苏丹交战，孤立无援，简直是个倒霉鬼。他痛恨这个词，可人们总是用这个词来指他。"倒霉鬼阿里·德·特佩雷奈"，近来，京城的报纸就是这么称呼他的。不过谣言仍在流传：他之所以没能和布沙特利结盟，是因为他无法抛弃作为帕夏的思维方式，至于他的领地，他就更舍不得抛弃了。有时候，为了这块如今人人咒骂的领地，他对一切都不管不顾，就连对阿尔巴尼亚也漠不关心。在这一点上，阿尔巴尼亚是不会原谅他的。别说是四十年了，就算他只忘了四十天，他的国家也不会原谅他。现在大难当前，他才记起阿尔巴尼亚来，不过已经太迟了。长期以来，他对阿尔巴尼亚的呼唤充耳不闻，现在轮到阿尔巴尼亚以其人之道还治其人之身了。

"阿尔巴尼亚，你也太小心眼了！"他想。与此同时，他两眼放空，望向冬日的远山，就像是头一回看似的。"你从什么时候起变成这样了？"他再次陷入了沉思。他真的没有爱过阿尔巴尼亚吗？他真的太在乎自己,因而忘记了阿尔巴尼亚吗?"可是,难不成我会偏爱另一个国家吗?"他在心底里喊道,"我爱过瓦拉几亚①吗,爱过希腊和波斯尼亚吗?就算有时候,我让阿尔巴尼亚受了苦,可我做这一切都是为了阿尔巴尼亚啊,谁会说我爱别的国家胜过爱阿尔巴尼亚呢?"可就在他觉得自己让那个看不见的反驳者哑口无言,觉得自己占了对方的上风时,一个微弱的声音在他心底里说:"没人说你不爱阿尔巴尼亚,阿里,因为你自己就是阿尔巴尼亚人,只不过,你没有尽全力去爱它。对你来说,没有尽全力那就是不爱。若是换作别人,阿尔巴尼亚本可以勉强接受一份寻常之爱,但如果是你,那就绝不可以;阿尔巴尼亚对你的期望更高。"他的头又耷拉下来,仿佛在说:咱们就差这么做了。阿尔巴尼亚并非什么样的爱都能接受。它要的是一份特别的爱,一份由牺牲、同情、关怀和警醒化成的爱。

  他疲惫不堪,极力想将这一切从脑中驱散,可质疑的声音却折磨起他来:第四局是否已经得知,阿尔巴尼亚对他的号召毫无回应?"肯定听说了,"他对瓦西丽姬说。当时,苏丹信中的口气已经越发接近威胁了。如

---

  ① 历史地名,中世纪时期位于欧洲东南部巴尔干半岛,大约在今罗马尼亚东南部。

今，那些像孔雀羽毛般鲜艳的客套话已经被完全省去了。

"第四局，"他在心里低声说。几年来，他对第四局又是鄙视又是嘲笑，而第四局却不声不响地埋头干活儿。他密谋反叛高门的事，中央已经得知好几年了。他就像块松动的土地，一点一点，悄无声息地逃脱了苏丹的控制。在写给苏丹的信中，他用的客套话公然表露出忤逆之意，有时甚至还略带讽刺。他在没有禀明帕帝夏的情况下，就与英国人谈判，与拿破仑谈判。他凭自己的意愿，邀请或遣返领事官，由着自己的性子，要么响应苏丹的号召，与苏丹的军队一同参加大型战役，要么则不予回应。自然，这一切权贵阶层是知道的，而且他们还公开议论。可是，苏丹却视而不见。"他害怕与我发生冲突，"阿里帕夏自豪地想。他喜欢这个游戏，因为没有比这更能证明他的能力了。要是没有这个游戏，他人生中的最后几年将会枯燥乏味。他对苏丹的挑衅一天比一天明显。苏丹时常请他参加皇家宴会，可他都拒绝了，拒绝之辞近乎嘲讽。他清楚那些奢华的宴会上等待他的是什么。先是有毒的菜，然后，到了第二天，就是耻辱龛。在一封邀请函的回信中，他向帕帝夏写道："医生给我制定了食谱，我想，近来您宴会上的菜肴已经不适合我的肠胃了……"

一个又一个星期过去了，信使们陆续从京城回来了。如今所有人都清楚，苏丹之所以不与阿里发生冲突，不过是因为害怕。帝国君主的权威从未像这次一样，被如此深刻、缓慢而阴险地撼动。几个星期以来，第四局陆续收到了外国使节给本国政府所写报告的复本，报告中说，苏丹在阿尔巴尼亚的权威纯粹是徒有其表。眼下，不仅在权贵阶层中，而且在别的阶层，尤其是在军人和教士中，大家几乎都公开地讨论此事，他们或精神紧张，或冷嘲热讽。有人绕着弯对政府恶语相击，说政府软弱无能，于是审查部门不得不禁止报纸出版。到处都有人问：对于这一挑衅，帝国还要忍到什么时候？

这会儿，第四局的人乔装打扮，正在阿尔巴尼亚政府的领土上徘徊。得知他们的详细行踪后，阿里帕夏放声大笑。"他们到底想发现些什么？我不再听命于高门，这已经是明摆着的事了。那他们还找什么？不得不说，京城各个部门的人都太蠢了。尽管让他们去搜集情报吧！让我的帕帝夏自食恶果吧！"

他所不知道的是，自己一辈子都瞧不起的第四局，恰恰是自己的掘墓人。直到最后几个月，风暴将近的时候，他才恍然间明白，那些探子乔装成不同的模样，到底在阿尔巴尼亚省最偏远的地区搜集哪种情报。他们日以继夜,并非是在搜集他忤逆苏丹的证据,而是在为下次有可能发生的军事冲突搜集蛛丝马迹,并据此预测阿尔巴尼亚对其帕夏的态度。最后,搜集完数据,考察完毕,制定好计划和所有可能的预备方案之后(不久后,他就会从耳目那里得知这一切),帕帝夏的一封信便到了他手上。这是一封可怕的信,其效力犹如一道晴空霹雳。"我要把你烧成灰,烧成灰,烧成灰,"苏丹写道。"到底发生了什么?"阿里帕夏说着,卷起了手中那封置他于死地的信。如今,他成了法外之徒。他觉得自己听见了苏丹的讥笑,对他来说,那笑声就像是一股来自亚洲的瘴气,尘土飞扬。瘴气贴着地面掠过,最终笼罩了他,令他窒息。

拖了一年又一年,冲突终于爆发了。令阿里帕夏心烦意乱的不是开战,他这辈子还从没被任何事搅得心烦意乱过。让他心绪难平的是,他脑中突然明白了一件可怕的事:苏丹拖到现在才开战根本不是因为害怕他,而是因为害怕阿尔巴尼亚。经过一番长期的研究,第四局证实,倘若发生冲突,阿尔巴尼亚将会让老帕夏独自面对帝国的报复。刚证实这一点,苏丹就下令开战了。

这一发现令他受挫,让他瞬间老了十岁。原来,阿尔巴尼亚才是一切的关键。阿尔巴尼亚才是你得意或失势的根源。

几个小时的时间里,他一直注视着冬季的平原,一种不知名的鸟从平原上飞过,如同纹章上的符号。仿佛是为了确认眼前的景象真实存在似的,他低声咕哝道:"瞧瞧,这就是阿尔巴尼亚。""阿尔巴尼亚,"他一字一顿地念出这五个音节。事实上,这个名字念起来有些怪。阿里习惯了他的官方名称,阿尔纳乌提斯坦。他总觉得这个名字更自然,现在他知道了原因:这个名字给他一种安全感。这个名字让他觉得,国家是属于他的,而另一个名字则生于天、长于地,让他有些害怕。"阿尔巴尼亚,"他轻声重复道,就像婴儿第一次喊"爸爸"、"妈妈"那样。直到人生的第八十个年头,他才含糊不清地喊出了这片生养他的土地的名字。这一声喊得多迟啊!"我迟了,"他差点喊出声来,"我干什么都迟了!"对他来说,人生的黄昏已然降临大地。人们称他卡拉·阿里,也就是黑暗阿里,这不无道理。

在被判死刑后的头几天,他沉浸在思考中,一直像瘫痪了似的,什么也不干。后来,他逐渐恢复了过来,又赶忙派信使四处发布警告。可他的警告就像沙漠里的声音,消失不见。除了几个风烛残年的老家伙,再没别人回应他。那几个老家伙来自一个遥远的地区,他们承认,自己有点怀念战争岁月,打算打上三四天的仗,过过打仗的瘾就走,仅此而已。

"现在，"他对瓦西丽姬说，"那封把我称作黑暗阿里的圣旨一定已经上路了，那个讨厌的宫廷信差，就是那个像女人一样，把胡子染得火红的信差，他将在三四天后抵达。然后，顶多再过一周，军队就要出征了。"他事无巨细地向她解释，帝国的军队是如何出征镇压叛乱的。

"步兵们手持巨大的假人，走在队伍的最前头，甚至比各部队的队旗和纹章还要靠前，也就是走在顶前头。""假人？"瓦西丽姬惊恐地问，"为什么偏偏是假人？"在冬季的平原上，数百个移动的假人定格在那里，光是想想就够让她哆嗦的。

"为什么要用假人？"她又咕哝道。她被一股异样的恐惧感所笼罩。让她恐惧的，并不是昏暗的环境，也不是可怕的场面，相反，她的恐惧源自平原上微弱的光。瓦西丽姬双眼微垂，不堪重负。她心想，为什么一切与她丈夫的命运相关的东西都丧失了本性，改头换面，然后一动不动，仿佛有成千上万的男巫女巫一同对其施咒。这就是丈夫谈论阿尔巴尼亚时，出现在她脑中的想法。根据丈夫的话，她勾勒出阿尔巴尼亚的形象，并设法将这个形象与自己心中的阿尔巴尼亚等同起来，可她很快就意识到，她心中的阿尔巴尼亚与他心中的阿尔巴尼亚并不一样。对瓦西丽姬而言，阿尔巴尼亚很好理解，就是干草垛、牛奶、到处是孩子的乡间小巷，就是湍急的流水，散落的坟冢。相反，对她丈夫来说，阿尔巴尼亚则是另一副模样：这是一片冰封之地，如同身在噩梦之中。在这片土地上，月亮和星星不过是些标志、纹章和印章，是些贫瘠的东西，贫瘠得可怕。那些假人也一样。瓦西丽姬看见假人立在种着麦子的田野里，在田野的一角，几只鸟围着假人飞来飞去。可经她丈夫一说，那些假人就变了样，在一片荒芜的天地中向他们走来，周遭既没有麦子，也没有鸟儿，只有假人破烂的衣服，在十一月贫瘠的风中飘荡。

"可为什么要用假人？"她第三次发问。阿里没精打采地张开嘴，与其说是在说话，不如说是在咬牙切齿（他在解释一些无聊的事情时总是这样），他向瓦西丽姬解释说，那些假人象征着对敌人，具体地说，是对叛乱者的蔑视。从某种意义上说，假人让人提前想到他的失败。"可苏丹他不知道，"他沉吟道，"等我得了势，我要在我的军队前头，在苏丹的京城里放成千上万个假人，放他四万个，而不是一两百个。"

她拼命将那些假人从脑海中驱散，可它们依旧出现在她意念的边缘。那些假人结了冰，仿佛在雪地上滑行似的，缓缓向她靠近。

与此同时，在南面的塔楼里，阿里帕夏正在等待他的间谍。间谍们浑身灰扑扑的，带来了遥远京城的消息。阿里帕夏头一件想知道的事情是，匆忙率兵来讨伐他的是谁。最终，他的一个耳目带来了确切的消息，这支讨伐军将由仅有一尾的帕夏布格拉汗率领。阿里听后双手抱头，就像刚被告知了一条极为不幸的消息似的。那个间谍惊呆了，他本以为主人会对这条消息感到满意。

阿里帕夏本以为来的会是另一个人：苏丹本人，或者至少是大维齐尔。就算局势再凶险，讨伐军的队伍再庞大，大炮再厉害，就算一切都像御驾亲征那样声势浩大，他也不会放在心上。关键在于，他们得重视他。可是，从事情的进展来看，他却受到了轻视。斯坎德培见证了两个皇帝轮流上战场与他作战——瞧瞧是哪两个皇帝吧：穆拉德汗大帝和征服者穆罕默德。相反，派来与他对阵的，却是军事院的一个蠢材。在官方庆典上，他甚至都不屑于看他一眼。

怒气让他从麻木中回过神来。他稍稍平复了心绪，想到，最初来讨伐斯坎德培的也是些名不见经传的帕夏，后来才轮到那些大帕夏和苏丹本人，于是，他又重新开始了备战。"你们会来的，你们都会来的，"他低声说，"按照官级，按照宫廷礼制，一个接一个地来。"

阿里的信使和传令官们又上路了，分散在阿尔巴尼亚的大地上。阿里希望他的祖国看在他颇多悔恨的份上原谅他。或许祖国会可怜他年纪大了，孤苦伶仃，活像一声无法穿破长空的闷雷。不过事情并没有起色。阿尔巴尼亚一副铁石心肠，毫无宽恕之意。第一个信使一无所获，第二个没带回任何答复，第三个也一样，接着是第四个，第六个……第十一个，再没别的信使了。他咕哝道："它这是怎么了？"他说的是阿尔巴尼亚。"如今他们已经出兵了，就算是这样，阿尔巴尼亚还是不为所动吗？可是，就连希腊都动乱了啊，"他苦涩地说，"我与苏丹起冲突，倒让希腊这个不相干的国家得了便宜。""不相干的国家，"瓦西丽姬想，"正因为你和希腊互不相干，才恰恰给了希腊可乘之机。"瓦西丽姬在最后六个月里了解到的国事，比皇家学院的学生十年所学的还要多。她了解到，希腊人一辈子都痛恨阿里，他们尽己所能，力图从他身上捞到好处，等到他不再对他们构成任何威胁时，再把他抛到一边。对希腊人来说，阿里就像是路边发现的宝藏，可以被肆意竭取。然而阿尔巴尼亚却不会对他这样做。

　　阿尔巴尼亚的耳朵大概聋了，没有比这更可怕的了。在那些阴沉的日子里，阿尔巴尼亚与阿里的命运永远一刀两断。他曾一度以为，就算他命中注定要撒手人寰，要让阿尔巴尼亚守寡，阿尔巴尼亚也会随他同去地狱的深渊，徒留一片积满尘土的虚空在他们身后，仿佛创世之前的景象。可如今他才意识到，他是独自在深渊中前行。阿尔巴尼亚会留在地面上，一如从前的样子，雨水浇灌大地，扁桃在四月开花，绵羊的叫声丝毫不改，玉米外壳的形状也不变分毫。唯有纹章会发生变化……方才的这个发现让他差点喊了出来。

"不管怎样，"他在心底呻吟，"你会想起我来的，啊，阿尔巴尼亚。等你失去了我，你就会想起我来；可有什么用呢，那时候就太迟了。"

他又气恼又激动，这令他的想法时而坚定，时而犹豫，让他没法思考。他知道，他那个不可告人的阴谋已经初具雏形。他觉得阿尔巴尼亚会想起他来的，不过他说不出这是好是坏。

他的思绪像只野猫，跑遍了所有的方向，唯有一个方向没有去过：未来。那里始终被雾气笼罩，到处是深渊，他总是在深渊边止步，然后几近瘫痪地退回来。这次是他头一回在那片汪洋的岸边长时间驻足。汪洋无边无际，冷酷无情，使他狼狈，把他压垮。

一连好几天，他都像丢了魂似的。有时候，瓦西丽姬觉得，他花白的胡子长到了嘴巴上，他再也不会开口说话了。他冷漠的态度有些吓人。后来，他像第一次那样，渐渐回过神来。面对身前这团杂乱无章、一动不动的云，他必须有所行动。于是，在内心深处，他仿佛拿着一个笨重的桶子，正在掘取一处宝藏。他潜入这处宝藏似乎已经有些日子了，不过这些日子他过得很糟。这处宝藏就是他的死亡。这就是他要抛给后代的东西，就像抛一颗被诅咒的炮弹那样。"我就只剩下你和死亡了。"这是他回过神来说的第一句话。

日复一日，时复一时，当布格拉汗帕夏率领的讨伐军兵临城下时，他却彻底陷入了死亡的念头。

起先，这感觉与他对斯坎德培的嫉妒不无关联。的确，斯坎德培的光荣起义历经了四分之一个世纪，可这场起义却以一场并不光彩的死亡告终：斯坎德培因寻常的热病躺在床上，额头上敷着湿纱布，依稀看见他的妻子坐在他枕边。哦！属于他的结局本该是另一个样子。

接着，阿里缓慢地由过去向未知的将来滑去。过去和将来如同两座山峰，阿里帕夏就身处两山之间，他置身法外，没有国家，也没有阿尔巴尼亚。灰暗的深谷空旷、可怖，风从四面八方驱赶着渡鸦。阿里在谷中低吼。"难道深谷就不如山峰雄伟吗？等着瞧吧，"他说，"我要在这个深谷的上空点燃一颗彗星：那就是我的死亡。"

最近他得到消息，他的好朋友拿破仑·波拿巴死了，就是那个矮个子的法国帕夏，上流社会的人都这么叫他。他的死也是不声不响的,就像阿里的故乡特佩雷奈的那些老女人那样,死在床上,而且他还是个阶下囚。与此同时,阿里得到了一本书,这本书刚出版不久,是那个跛足的英国旅行家写的,他曾是阿里城堡中的座上宾。书名叫做《恰尔德·哈罗德游记》,其中有很长的篇幅在写阿里帕夏。阿里的一名秘书把那部分念给他听。他默默地听着,然后把书拿了过来,认真地看了会儿书上的字,那些字很小,就像一只只奸诈的蚂蚁,企图用自己弱小的肩膀将他的名字带去未来。看罢,他把那本小书远远地扔了出去。假如这就是不朽,那他真要啐口唾沫在作者的脸上。他不需要靠书来让人们记住他。哈吉·谢瑞特告诉他,波斯国王曾命一个名叫菲尔多西①的人写一首长诗,每行诗付给他一镑。为了自己身后的荣耀,其他人一如既往地建造宏伟的金字塔、清真寺、庙宇和陵墓。不过阿里不需要这些圆柱和回廊。他要亲自建造自己的丰碑。在所剩无几的日夜里,年迈的他四面楚歌,被所有人抛弃,他将慢慢建起自己的死亡大厦。

任何建筑,无论多么雄伟,都会被太阳和风所侵

---

① 菲尔多西(940—1020),伟大的波斯诗人。此处提及的长诗即其著作,民族史诗《王书》。

蚀，而死亡的构造则不同，它的线条、阴森的穹顶、壁画、大门、墙面，一切都是不归路，什么都无法将它侵蚀。正因为如此，他才要将自己的死亡投向未来，到那个时候，人们就会看到，别的亡灵和墓穴能否与他比肩。

　　他陶醉在死亡大厦的景象中，开始悉心雕琢每个细节。有时，他会放弃细节，转而在天空灰色的虚无中勾勒起某条主线。他沉浸在这一兴奋的状态里，与此同时，圣旨终于传来，宣布他叛教叛国。送来圣旨的信差，连同他染得火红的胡子，他的几位助手，还有瓦西丽姬，大家都围着阿里，等着他说句话或是做个手势。他展开圣旨，所有人都清楚地看到，他的眼睛没在读上面的内容。他已经知道了圣旨的内容，可周围的人却不知所措。他把圣旨放在桌上，好让所有人都能看见苏丹的署名。接着，他握紧拳头，拇指的指甲按在那个御笔落款上，做了个碾死虫子的动作。他周围的一切都僵住了。

　　这是他做的最后一个庄严的手势。接下来的日子里，他再没做过手势，但却心烦意乱。头一个星期，他沉浸在那种兴奋的状态中。在这一新状态下，他接连两次打败了布格拉汗。接下来的那个星期，人们得知，布格拉汗被免了职，他的头正被送往京城，送进耻辱龛。

阿里由瓦西丽姬陪着，走出了塔楼，走在最高塔楼的巡逻道上。他们下方是那条皇家信差常走的大道。信差们就是通过这条路将断头和重要情报送往京城的。他用手指着那条宽阔的大道，对瓦西丽姬说："他们做梦都想把我的头从这条路带走。"说着，他笑了起来。从垛墙的缺口望去，城下满是围攻部队的帐篷。阿里举起望远镜，搜寻起新将领忽尔希德帕夏的帐篷。忽尔希德刚被任命来接替布格拉汗。他是军中的新星，六个月来，一直有传言说他将出任宰相。

"我说，被派来减损我寿命的，就是那个留着山羊胡的帕夏吗？"他在塔顶上对妻子说。

正当忽尔希德帕夏的三万五千人马（其他部队正在赶往叛乱省的路上，这些部队也同样兵强马壮）对阵阿里帕夏的两千名士兵及其火炮时，阿里帕夏依旧在忙着设计自己的坟墓。他远离所有人，孤独地勾勒着草图，没人知道这座建筑像什么，连瓦西丽姬也不知道。人们只知道，这座建筑会很宏伟……阿里对瓦西丽姬说起有关弹药桶的事。他咕哝说，这些弹药桶会在最后一刻将城堡连同城堡里的一切炸个天翻地覆。火焰会直上云霄。四周则会散落着财宝融成的金块、珍珠，还有其他被血浸染的宝石……如同从地狱之冠上散落一般。

"行净礼①吧,行净礼吧!"每当瓦西丽姬想起丈夫的死是多么壮观,她就觉得这句可怕的话在耳边嗡嗡地响。在她丈夫被砍头的前几秒,有个人说出了这句话。这句话猛烈而冷酷地喷涌而出,重重地砸在整座建筑上,要将它摧毁。这是人们对死刑犯说的话:"行净礼吧,准备受死吧!"

最后整整一周(世上没有他存在的第一周),这句话都萦绕在瓦西丽姬的脑际。此刻,穿行在城堡里难以计数的大厅之间,她觉得所有角落里都有人在低声说:"行净礼吧。"

有谣言称,继宣布她丈夫为叛徒的"卡提尔圣旨"之后,又传来了另一封赦免他的圣旨。土耳其军营里的鼓声一直传到了城堡最偏僻的角落,宣告了"哈伊尔圣旨"的到来。阿里的间谍从敌营中传来消息,说在总司令的帐篷里,信差当着所有帕夏的面展开了那封圣旨,他们亲眼所见。他命人将瓦西丽姬叫到他房中。"听着,"他说,"我原本在筹备一场盛大的死亡,不光是为我自己,因为死亡超越了人类的界限,我这样做是为了你们。可是苏丹却赦免了我,再者说,你们的眼睛配

---

① 伊斯兰教法定的洁净礼仪,指沐浴净身,分小净、大净和土净三类。亡人须行大净,即用净水洗涤全身。

得上这样的场面吗？""你们渺小的眼睛，"他鄙夷地重复道。这是瓦西丽姬头一回听他这么说。"我将被派去一个平静的省当总督，那里既没有烦恼，也没有荣耀。帝国幅员辽阔，有人告诉我，有的省一百年都没有过动乱。你明白吗，一个世纪的和平。瞧，我要去的就是这么个地方。"

瓦西丽姬听着，睁大了眼睛。山峦在她眼前迅速碎成粉末，如同噩梦中的景象；雷鸣则化作了轻快的叮当声……"你这个娼妇，"她想，"他都八十岁了，头发也全白了，他撼动了整个帝国，这一切还不够，你还想看着他死！娼妇！"突然，阿里对她说："你为什么用这种眼神看我？倘若如我所料，圣旨是假的，到时候你们就知道我要做什么了。"

她或许是第一个怀疑圣旨有假的人。隔着老远她就已经看出，信使们的脚步很不自然，仿佛他们的腿是木头做的，而且他们个个面色惨白。

"站住！"阿里隔着二十步的距离对他们喊道，"你们带来的是什么？"

手持圣旨的人将圣旨举到空中。

"是死亡，阿里！行净礼吧……"

双方的兵刃响作一片，接着便是一场混战。混乱中，瓦西丽姬看见一个人把阿里拖下了楼梯。"砰……"她惊得瞪大了眼睛。"这就是他的死法,"一个微弱的声音在她耳侧说,"七级木台阶,头撞得台阶直响……"在她失去知觉前仅仅两三秒钟,她突然在眼中的虚空里看见了那些假人,它们排成行,动作僵硬地在冬季的平原上前进。"啊,"她大喊,"不,别过来。"接着她就晕了过去。

一辆马车停在路边,停在孤独的边缘。马儿被剪了鬃毛,以示哀悼。马车已准备好上路。人们在等那个年轻的寡妇。他无数次答应带她去京城参加皇家宴会,但从未履行过承诺。如今,她将独自上路。

她独自一人,身处二月与世界之间。

连接两块大陆的宽阔大道将她的孤独一分为二。一星期前,阿里的人头就是从这条路启程的。他的身体则被葬在了这里。当她双眼垂地,领着送葬队伍时,她的脑子就像被钉在钉子上似的,反复想着一件事:她纳闷,自己怎么能只把丈夫的半截身体送进坟墓,甚至还是两截当中她一无所知、不感兴趣的那截。

在他们为数不多的夫妻生活中,她几乎没碰过他的身体。她从没想到过他的身体,当得知丈夫的头被送去京城时,她才头一次觉察到,对她来说,那个男人已经变成领子以下的部分了。只剩下绣着总督徽章的华丽衣裳，再无其他。

她依然注视着平原。押送她的两个人交换了一个眼神，好像在问对方：是不是也该去平原上找找那些财宝？

阿里第一次和苏丹闹僵的时候，瓦西丽姬不知道确切的原因何在，她只是觉得，和世界上的许多平原一样，这片无边无际的空间上满是树木、茅屋、泥泞的小路、麦子和草垛。突然，这一切都被悄无声息地搅乱，抛出了这个空间，瞬间代之以秘密、夜行的骑兵、苦行僧和神秘的僧侣。有时候，她觉得这片平原上住着幽灵。

好了，现在噩梦结束了。平原又变回了平原。剪了鬃毛的马拉着车，在她身边等候，而她，黑暗阿里的遗孀，将沿着脚下的路穿越这片平原。这条路上吹来了最后一季秋风，迎来了信使和书信，最终迎来那些假人。

她依旧身处孤独的边缘。马车即将开动，她也将缓缓地进入那片痛苦的大陆。世界将越压越扁，而作为一个孤独的女人，她的生命也将无尽伸展，薄得如同欧亚大陆间的一张纸片。

第六章　依旧在边疆

那顶大帐篷的帆布恐怕是冻住了，因为在风的吹动下，帆布发出一种特殊的咔哒声。

一个勤务兵端着盘子，给一位军官送来一杯咖啡。"我已经喝了三杯了，"那个军官说，"我要是把这杯也喝下去，晚上就睡不着了。有谁想喝咖啡吗？"

"勤务兵，把咖啡给我端来，"一个长着马脸的小个子男人说。那张脸有种易碎、透明的特质，仿佛是玻璃做的。他蜷在一个角落里，双腿裹着一条毯子。"我啊，我每天足足可以喝掉一桶咖啡，晚上照样睡得比谁都香。"

"这跟每个人的神经有关。"一个人打着哈欠说。

宽敞的帐篷里，有的人躺着，有的人靠在填满稻草的床垫上，一张张床垫摆得到处都是，杂乱无章。两个男人半躺着，正在下象棋，一个人在帐篷的一角看书，有的人在抽烟，眼睛盯着团团烟雾，还有两三个人在听犹太人艾力亚讲故事。有时会突然爆发一阵交谈，就像一匹受惊的马闯进了帐篷似的，接着，交谈声又渐渐弱下去，隐入帐篷的角落。他们待在帐篷里已经三天了，但尚未有序地行动起来，就好像这应当由来自中央的特遣队来执行。他们无所事事，于是花上大把的时间，回忆那些发生在其他类似任务中的所见所闻。他们所说的事发生在那些起义刚被镇压的省份，说起这些见闻，他们又是作对比，又是冷嘲热讽，又是抱怨各种物资短缺，就像中央部门的官员似的，那些官员在去偏远的省出差时，就有这样的习惯。

拉拉·夏因①走了进来，一头鬈发欢快地落在额头上，一扫他脸上的严肃，就连需要严肃的时候也不例外。他把印有国家中央档案馆纹章的公文包扔在一张床垫上，向握成杯子状的双手内呵气取暖。

"嗬！真够冷的！"他说。

帐篷里，两三个人把头转向这位来客。他继续往手里呵气。

"外头发生什么事了？"

"什么事都没有，外头很冷，就这些。"

卷曲的头发在他的额头上晃动，一副要骂人的

---

① 历史人物，鲁米利亚地区的第一位贝伊莱尔贝伊，是苏丹穆拉德一世的老师。拉拉，土耳其语中意为"老师、导师"。

架势。

"我见到那个挨千刀的老家伙了。"

"真的吗?"一个人如梦初醒地问。他只是为了取悦拉拉·夏因罢了,因为他正愤愤地盯着棋盘,对手正在吃他的马。

不过在对面的角落里,另外两三个人明显对这位来客很感兴趣。

"看在真主的份上,那个下流胚在干什么呢?"

拉拉·夏因抿起嘴唇,咧出一个轻蔑的微笑。

"那样的家伙见了叫人生气,"他说,"让你火冒三丈。"

"嗯!"有人哼了一声。

"怎么,难道不是吗?"另一个人说,"你看,明后天咱们的队伍就要开工了。接下来的几天,读文件、做翻译、作推测,还有一堆精细活儿都会压在咱们头上,这可不是闹着玩儿的,而像他那样的废物什么都不干,却照样领俸禄。"

"而且俸禄不是一般的多!"那个长着玻璃般脸孔的人说。他双手抱膝,裹在毯子里,身体有节奏地摆动。

"简直叫人发疯,"拉拉·夏因说,"那家伙不过是向城堡做了一个诅咒的手势,就谋得了年俸。"

"嗯,"犹太人艾利亚笑道,"何必烦恼呢,拉拉?在光荣的伊斯兰军队出击之前,那个手势会诅咒军队前进道路上的一切障碍,这是军中最古老的规矩之一。"

"再者说,一支军队可以没有炊事员,但绝不能没有诅咒师。"一个下棋的人说,显然,输了棋令他恼火。

那个长着玻璃面孔的人笑了笑,听起来就像水晶发出的叮当声。他的双颊和额头颤抖了片刻,面部又复归沉寂。

"或许那家伙有咱们不知道的其他职务呢?"一个声音讽刺说。

拉拉·夏因装作没听见。

"头儿呢?"他问道,大概是为了换个话题。

"被请去忽尔希德帕夏那儿吃午饭了,"一个粗嗓门回答,"怎么,你觉得惊讶?难道咱们不是一支最高级别的特遣队吗?咱们的头儿被一位将军,甚至是最功勋卓著的将军之一请去吃午饭,这有什么好惊奇的?"

"不,倒不是惊奇,可毕竟……"

"您知道吗,"一个人插话道,"将有另一对人马即刻从京城赶来,来丈量和清查阿里的地产。"

"会怎么处置他的地产呢?"

他们讨论了一会儿这位去世帕夏的地产。有人说:"天底下再没有比这更大的奇夫利克了。"有的人断言,阿里的地产将被分给所有参战的人，上至总司令，下至最普通的士兵。其他人则坚持认为，这样一块领地不能被瓜分，应该归苏丹所有。

"传令官还在宣读法令吗？"角落里，一个身形肥硕的红发男人问。

拉拉·夏因点了点头。

提问的人咕哝着，小声骂了一句。

"这简直让人抓狂，比那些个诅咒还让人抓狂。"他说着，脸比之前更红了。

"你这么说是因为这事跟你扯上了关系。"一个人说。

"不，不，不是因为跟我扯上了关系，而是真的让人抓狂，"前一个人坚持说。"那些发霉的法令都是些糊涂的老家伙起草的，他们甚至都不知道阿尔巴尼亚在哪儿。他们最好别派像咱们这样的队伍来，一支也别派。"

"有关阿尔巴尼亚未来的地位，现在还没作出任何决策，所以法令不能太具体。"拉拉·夏因说。

"不管咱们的报告结果如何，我都不相信上头会作出去民族化的决策，"犹太人艾力亚说，"事实证明，这项措施是白费工夫。"

"要是这么想的话，一切都是白费工夫，因为咱们已经在阿尔巴尼亚身上试过各种制度了，"拉拉·夏因说，"不是吗，苏雷曼？"

"总之，决策就快下来了，"那个叫苏雷曼的人答道，"军界和宗教界的人已经起来闹了。你看报纸了吗？他们要求，要么实行'哈拉姆'制，要么实行'咔－咔'制。"

"这两个我都不信，"犹太人艾力亚说，"假如打算实施极度恐怖状态的话，上面就会派来战争部的队伍，而不会派咱们来这儿。至于'咔－咔'制……虽然咱们队归这一制度管……"

"你瞧，自相矛盾了吧，"拉拉·夏因打断了他的话头，"既然咱们是'咔－咔'制麾下的队伍，既然咱们被派来了这里，那依你所说，想必就要实施'咔－咔'制了。"

犹太人艾力亚摇摇头。

"我还没天真到这样想。"他说。

"那大冬天的，干吗让咱们这么着急上路？"一个胖乎乎的男人抱怨说。

一个天寒地冻的早晨，他们接到十万火急的命令，要他们开赴阿尔巴尼亚。从那时起，他们就反复琢磨一个问题。"安拉！为什么这么急啊？"他们告别了担心已极的妻子，靠在自家的门槛上说。后来，在领取任务卷宗的时候,他们在冰冷的办公室里问了同样的问题。最后,在横穿巴尔干半岛的无尽路途中,他们又提到了这个问题。去民族化的进程,也就是"咔－咔",是一项需要耗费几个世纪的工程,心急是没用的,甚至是可笑的。再说了,虽然"咔－咔"制在阿尔巴尼亚并未彻底失败,可毕竟没有取得任何成效,不是吗?

"就是啊,干吗让咱们这么急着上路?"一个人说道,他将那个胖男人的话重复了一遍。

"要我说,我觉得之所以派咱们的人来,纯粹是为了满足那些固执的老家伙,他们想报复阿尔巴尼亚,"犹太人艾力亚一字一句地说,"你们还记得咱们出征的新闻引起的轩然大波吗?还记得报上的标题吗?《乌鸦们向阿尔巴尼亚进发了》《阿尔巴尼亚开始分崩离析了》。"

"或许艾力亚说得对。"一个人说。

"换句话说,假如既不是'哈拉姆',也不是'咔－咔',"拉拉·夏因说,"那还能是什么?"

"就我所知,只有一种状态没在阿尔巴尼亚试过,"苏雷曼说,"或者说只实施过很短的时间,那就是例外状态。"

"嗬!"拉拉·夏因缩了缩肩膀,打了个冷战。

"最近一段时间,例外状态用得越来越频繁了。"

艾力亚说。

一时间,他们回忆起了实行例外状态的地区,按以前的叫法,这些地区被称作"混乱之地"。例外状态是由内政部第一局创立的,这一状态建立在全面分裂的思想基础之上:宗教分裂、地区分裂、封建分裂、教派分裂、习俗分裂。负责筹备例外状态的专家们与中央档案馆合作密切,为的是查阅有关国家和人民的资料。

"一次旅途中,我穿越了一个实行例外状态的行政区,"拉拉·夏因说,"只要我还活着,我就永远忘不了那个地方。"

"要是我没弄错的话,在实施'咔-咔'制的第二天,阿尔巴尼亚就宣布进入例外状态了。"艾力亚说。

"对,中间间隔的时间非常短,"苏雷曼答道,"后来例外状态被突然中断了,一直不知道是什么原因。不过,虽然只实行了很短的时间,但却大获成功:阿尔巴尼亚有了两种信仰。"

"或许这也算不得大获成功,"艾力亚插话道,"就我所知,虽然有一部分阿尔巴尼亚人信了伊斯兰教,但很多人还是保留了过去的宗教信仰。我觉得阿尔巴尼亚人压根不关心宗教,普天之下,或许只有在阿尔巴尼亚才能找到同时拥有两种信仰的人。"

"不管怎样,我敢肯定,假如例外状态在阿尔巴尼亚得以实施，这一状态将会让阿尔巴尼亚血流成河，比实行极度恐怖状态更甚。"苏雷曼说。

听着他们的声音，那个身材瘦高、玻璃面孔的男人一脸茫然。他在想别的事情。他觉得这两种可能——阿尔巴尼亚要么被宣布为"诅咒之地"，要么被宣布为"混乱之地"——对他来说是一码事。他的理由很充分，无论是哪种情况，掌握阿尔巴尼亚命运的都将是别的部门，与他所在的队伍再无任何关系。倘若被宣布为"诅咒之地"，阿尔巴尼亚将由军队管辖。而他所在的队伍将返回京城，代之以极度恐怖制的队伍，他们会自备档案、规章和专家。他们将重新翻开记录历次大屠杀的古老史册，这一史册诞生于广袤的亚洲大地，上面详细记载着人类至今所遭受的一切酷刑：十字架刑、尖桩刑、车轮刑、锯刑、活埋、四马分尸刑、骆驼刑①、剥皮、烹刑、煮刑，等等。这一切都将被用在阿尔巴尼亚身上，而作为国家中央档案馆的专家，他们则身在远方。"远得很，"玻璃面孔的男人想，"要多远有多远。"他们将花上六天的时间抵达京城。随之而来的，将是在档案馆工作的平凡日子：在冻人的早晨出门，与成千上

---

① 古代的一种酷刑，用骆驼对犯人进行踩踏、碾压，致其死亡。

万的政府职员一起，为了上班不迟到而赶路，没完没了地处理档案馆的卷宗，手发麻，眼发花。不过，随着春天的临近，白天变得愈发明亮而温暖，或许，这个春天他就要结婚了！

队伍里的同事常常拿这个话题开他的玩笑。他是婚礼、仪式和习俗方面的专家，尽管相较于几个主要的部门（比如队长负责的叛乱思想，犹太人艾力亚负责的民族心理，拉拉·夏因负责的民族记忆，还有苏雷曼负责的语言），他这个部门被认为是次要的，可他并没有因此而被看轻。叛乱地区一被平定，政府便会派人前去，而在前往这些地区的所有队伍里，都有他的手下。尽管大伙爱开他的玩笑，但所有人都知道，假如中央依据"咔－咔"学说，决定对一个地区实行去民族化，那他就和所有人一样，必须准备拿出一切可能的方法，并给出数据和精确的期限，来简化、亵渎或完全废除刚刚投降的民族的婚礼仪式。京城里，人们十分重视婚礼，因为古老的调查证实，婚礼有时会衍生出戏剧，而戏剧被认为是人类最邪恶的发明之一。

同事们开玩笑，说他单身得太久了，他们常说："到结婚的那一天，你，哈鲁恩，各民族婚礼的伟大破坏者，一定会让世界大吃一惊的。"而他则露出他独有的笑容，心想："是啊，的确，这一天将与众不同！"

在家中位于京城的大宅子里,他的一大帮伯父姨母时常和他的母亲,马克布尔可汗夫人,聊起他的婚姻大事。他们热烈地讨论他的婚事,然而却是白费工夫。他觉得,他们的喜悦中藏着一丝忧虑,有时甚至是一缕悲伤,像玻璃一样薄。他一向羸弱、娇贵,作为家中的独子,他在一幢世代与帝国息息相关的大宅子里被宠大。当年,他放着宗教和外交事业不要,偏偏选了中央档案馆的任职,这让他显赫的家族大为吃惊。即便过了这么多年,如今,他们依然会伤心地回想起他的选择。他边听他们说话,边想:"你们永远也无法明白,我选择的职业是多么的伟大。"

因为工作的缘故,他不得不研读古老的法令,在那些法令中,他发现了一些皇家称号,诸如:光荣的帕帝夏,赛利姆-汗①,苏丹的传人,众王之王,直至地老天荒的众皇之皇,扩大伊斯兰版图、打下无边江山的征服者,两大帝国的征服者,攻克八国的胜者,三百座城的毁灭者,阿拉伯人、波斯人和鲁米利亚②人的王,等等。每当看到这类用语,他,库普里利家族最娇贵的后裔,便本能地这样形容自己:哈鲁恩·库普里利,世间

---

① 即塞利姆一世,奥斯曼帝国的苏丹,1512年至1520年间在位,在位期间为奥斯曼帝国广开国土。
② 奥斯曼帝国统治下的南巴尔干地区的土耳其语名称。

削减快乐之人,你令年轻的新娘连同她们的首饰都黯淡无光,你破坏十亿桩婚事直至世界末日。有时候,这个想法令他心中充满恐惧。他极力将这个想法从脑中驱散,虽然他成功了,但一想到自己的婚事就在未来的某个地方,他便沮丧不已。明年春天,抑或是今年秋天,他就要迎来自己的大喜之日了。"那么……到时候……到时候会怎么样?"他想……他隐约感到了威胁,觉得自己会遭到报复("宁拆一座桥,不破一桩婚,"老人们说),这种威胁感将他包围,轻轻地沙沙作响。不过他早就想好了自我宽慰的借口:总而言之,那些都是叛乱民族的婚礼。哈鲁恩·库普里利,让所有人都扫兴,阿尔巴尼亚人、匈牙利人、希腊人、塞尔维亚人、以色列人、保加利亚人、捷克人、波兰人、马其顿人、克罗地亚人、亚美尼亚人、格鲁吉亚人、阿塞拜疆人、门的内哥罗人、巴勒斯坦人、埃及人、黎巴嫩人、乌兹别克人、柯尔克孜人、摩尔达维亚人、罗马尼亚人。而且,他的工作还是一场缓慢的屠杀,会引发持续几个世纪的痛苦。不过,相较于极度恐怖组的工作,他的工作无疑是个闲职。

在他身边,有关阿尔巴尼亚的讨论还在继续。

"对,对,你说的有道理,"苏雷曼对犹太人艾力亚说,"既不是去民族化,也不是恐怖统治。从今往后,

'咔–咔'就是过去的事了,再说,也不可能在阿尔巴尼亚实行恐怖统治,帝国将近四分之一的主要官员可都来自阿尔巴尼亚呢。虽说他们忠心耿耿地为帝国效劳了这么多年,可要是看到自己的家乡流血,他们谁都不会无动于衷的。"

"那实行例外状态,就不会流血了吗?"拉拉·夏因问。

"噢,那就不一样了,"犹太人艾力亚说,"如果是例外状态的话,他们就会自相残杀。那完全不一样。"

"还有,实行例外状态也是被当地人火爆的性子给激的,不是吗,艾力亚?"苏雷曼说。

犹太人点点头表示肯定。

"我有个在第一局工作的朋友,"他说,"他曾经告诉我,他们花了九牛二虎之力,才在一个比罗马尼亚还靠北的地区设立了例外状态。不过他们所有的努力都白费了。那个民族生性温顺,什么事都激怒不了他们。于是政府才决定,对他们实行去民族化。"

"相反,巴尔干半岛的情况可不大一样,"苏雷曼说,"在这个地区,例外状态一直挺有效的。"

"我这儿有阿尔巴尼亚的领主们历次内讧的报告,从斯坎德培之前到现在的都有,"拉拉·夏因说着,用手掌拍拍自己的皮包。

其他人这才将目光转向了这只先前没有注意到的皮包。

"没完没了的内讧，"拉拉·夏因接着说，"为了财产，为了女人，为了空着的王位，鬼知道是为了什么。"

他一边说，一边继续用手抚摸他的皮包，仿佛摸着皮包，他就能获得所需的信息。

与其他工作不同，拉拉·夏因供职的部门负责通过翻阅家谱，一步步追溯阿尔巴尼亚首领中的名门望族的历史。如今，这些家族大多已经销声匿迹。这项工作持续了几个世纪，据说连苏丹本人也会偶尔过问。有时候，人们会找上门来，着急地打听那些家族后裔的情况，而他则不得不准备随时作答，无论白天黑夜。由于担心幸存的后人会重振昔日某个领主的响亮名号，部门中的所有人，上至大臣，下至最普通的职员，都惶惶不可终日。他们明白，倘或发生这样的事情，皇上便会冲他们大发雷霆，于是，为了防止这样的不幸发生，他们日夜辛劳，不断搜集新的资料，尽力不漏掉任何信息。他们的档案涵盖了阿尔巴尼亚首领们的所有家族信息，包括每个家族的起源、纪事、人际关系、与谁交好、与谁交恶，总之就是一个家族从生到死的整部历史。这些王公贵族大多是斯坎德培风波的当事人，风波过后，共享荣耀的他们离开了被占领的阿尔巴尼亚，如同乌鸦的雏鸟，分散在欧洲大地上，随后相继断了香火。最先消失的是巴尔沙家族，还没等阿尔巴尼亚被占领，他们就于十五世纪绝迹了。一个世纪之后，卡斯特里奥特家族消失在欧洲某地，一六〇〇年左右，木扎卡家族消失，而几乎在同一时期，阿拉尼特家族也消失了。大约在十七世纪，杜卡金家族在威尼斯绝嗣。余下的家族在哪里终结，我们无从考证。

拉拉·夏因听着人们的声音在四周交织，仿佛他们的声音来自远方。每想起一个从前的阿尔巴尼亚首领，他就觉得自己像着了魔似的。

多年来，拉拉·夏因致力于研究他们的命运，不知不觉中，他感觉自己渐渐被他们迷住了。每当人们谈起他们，他都避之不及，生怕露出马脚。而现在，因为同僚们的发音方式的缘故，他们的名字有些走了样，如同一片片云，在这顶结冰的帐篷底下飘荡。一切与他们相关的事情，拉拉·夏因都感兴趣。他从他们身上找到了一股激情，发现了一束光芒，令他折服，不过尤其令他触动的是，在阿尔巴尼亚被占领之后，他们分散到了欧洲各地。他们之中，有些人为异国的国王效力，为异国打仗，并且赢得了冷冰冰的荣耀，可他们依旧心系祖国。尽管中央档案馆的老顽固们竭力将他们从地球上扫除，但他们的名字却以地名的方式散落在整个阿尔巴尼亚大地上。如今，所有那些粗犷、热血、勇猛的汉子们都化作了山谷、石峰、平原、森林和瀑布。巴尔士基之地、卡尔里里、施帕特、斯库里海滩、木扎基埃、杜卡金高原、斯坎德培山。这些地名被固定下来，一动不动，数百年之后，又显现在迷雾中，永恒不变，从此，无论是权力的争斗，还是毫无意义的仇恨与纷争，都与它们无关……

拉拉·夏因侧耳细听，发现大伙不再谈论他们。他吁了口气，放松了下来。

"拉拉·夏因，"犹太人艾力亚问道，"虽然你才刚着手研究，可你能不能告诉我们，是否有一首写阿里帕夏的歌？"

"就我所知，几乎没有一首歌或民谣是写他的，"拉拉·夏因说，"献给他的只有几首诗，不过这几首诗是他宫里的一个诗人写的，他叫，"他弯下腰，拿起包翻找了一阵子，最终拿出一个厚厚的本子，"他叫，他叫，啊，我把他的名字写在这儿了，他叫哈吉·谢瑞特。"

"要我说，他们京城里的人还挺重视这事儿的，对吧？"最靠角落的一个人问。

"对，当然了，"拉拉·夏因说，"这是我要解决的关键问题之一。"

渐渐地，这个话题就像一个盛满手抓饭的大盘子，吸引了大家的注意。人们三五成群地聊着，时而对话交错，却也互不妨碍。"怎么？巴尔干半岛各民族的记忆？可咱们很清楚，他们的记忆很不吉利。""问题在于弄清楚，民间故事里会不会提到，阿里的头被裹进了他的大衣里。""倘若果真如此，那把阿里的头放进耻辱龛就毫无用处，因为这样一来，阿里就不会待在壁龛里，而会去往未来，并且在未来远远地嘲笑咱们。""那些思想腐朽的人只能感受到肉体受到的打击。对他们来说，记忆受到的打击不过是过眼云烟。可他们忘了，说到底斯坎德培也……""压根儿不用担心，阿里没有斯坎德培那样的血性；在斯坎德培面前，阿里不过是个小人物。阿尔巴尼亚人一辈子都盼着再出现一个斯坎德培式的人物，就像盼望救世主似的，可这样的人始终没有出现。要我说啊，我就不信这事儿会重演。""好吧，我倒很担心这事儿会重演。每当看到那些老百姓有所期待，也不知是怎么的，我就觉得害怕。""阿尔巴尼亚人还能期待什么？他们已经不止一次希望破灭了。不管怎么说，我不怕老百姓有所期待。""百姓们的期待从来都不会落空的，就好比那些依旧靠着自家门槛做梦的人，他们也一样。当一个民族有所期待时，就说明他们正在心底里，把他们所期待的东西揉捏成形。""总之，有一点很明确：要想同化巴尔干半岛诸国，首先必须消化他们的记忆。""话是没错，可您倒是去和那些发霉的老骨头说啊；他们会说，这不过是些诗意的空想罢了。""就算没有或几乎没有写阿里的阿尔巴尼亚语诗，希腊语的诗倒是有一些；只不过，那些希腊语的诗都是些诅咒之辞。""希腊人为什么要诅咒他？多亏了阿里造反，希腊现在才能闹得起来。""其实，皇上很怕看到斯坎德培的时代重演，所以他一直在等阿里帕夏寿终正寝，要不是帝国的权威受到如此公然的挑衅，这仗绝对永远都打不起来。""当然，按理说他离寿终正寝也不远了，不过看来帕帝夏已经给过他最后一次不朽的机会了。""哈哈！总之阿里帕夏·德·特佩雷奈是个悲剧人物，就算不能像乔治·卡斯特里奥特①那样，在欧洲排上号，那他也算是巴尔干半岛的一大悲剧人物了。""那当然，据估计，巴尔干半岛上的各个民族都会效仿他造反。""你觉得这不大可能吗？""不管怎样，他很难达到卡斯特里奥特那个水平。卡斯特里奥特显然是另一码事。他想从咱们手里夺走阿尔巴尼亚，然后投入欧洲的怀抱，而按照我的理解，究其根本，阿尔巴尼亚的历史就是要弄清一个问题：是留在亚洲，还是回到欧

---

① 即斯坎德培。

洲。""不论事态如何发展,阿尔巴尼亚都是欧洲的门户之一,就算没有斯坎德培,阿尔巴尼亚也会让咱们陷入一场生死之战的。就像拉拉·夏因刚刚所说,阿尔巴尼亚曾经有五分之一的人口移居国外,而且还都是权贵阶层,而他们移民仅仅是为了不生活在帝国的统治之下。""的确,这大概是一次空前的大规模移民。移民们怨声极大,直到今天还能听到只言片语。""说得没错。那时候,阿尔巴尼亚权贵与帝国的联系更为密切。在第四局的总结报告中,核心问题恰恰是论述阿里与阿尔巴尼亚之间关系的破裂。哈莱特向皇上汇报了这份报告,可帕帝夏却要求再核实一番。于是,另一支考察团也同时出发了。他们填满了一个又一个档案袋。正是这支同时出发的考察团带回的消息,说服了皇上对阿里开战。""将巴尔干半岛与欧洲分割开的人都是伟大的外科医生。""哈哈!这个比方打得好。""要是有谁谈论一个民族的记忆的话,人们会当他是疯子的,你明白吗!""明白,明白,人们说民族记忆是诗,是胡说八道。""你或许会认为,在同类的队伍中,咱们是第一支被派来这里的?""啊,我可没那么幼稚。队伍还是那些队伍,只是改了名字罢了。总队、忏悔协调委员会、风俗研究队、特遣队。"

就这样,他们又接着闲聊了很久。这支队伍里个个是能人，个个学识渊博；"一支将对叛乱省进行解剖的队伍"：出发的前一天，京城的一份报纸这样称呼他们。

事实上，他们做好了万全的准备。出发前，他们成天待在国家中央档案馆的档案室里，埋头于上千份关于阿尔巴尼亚的档案之中。阿尔巴尼亚的那部分档案，是档案馆里馆藏最丰富的区域之一。档案之丰富，涵盖了这个国家的一切标志：城市、河流、堡垒、树林、桥梁、田地、磨坊、马匹、山的海拔、地毯的装饰、民间故事、方言、婚礼、泪水、封建家族的家谱、编年史、遗传病、民谣、大海等等。有些档案尤其厚实，比如语言和习俗的变迁，历次叛乱的编年史；其余档案的厚度则依据其重要性而各不相同。

档案馆中像这样的档案室还有若干个，用来存放不同省份的档案。在那些省，有整队的人马埋头于档案堆中，研究叛乱的可能性，研究有助于预防叛乱发生的大屠杀，研究引发集体精神失常的方法。

档案室又大又冷，一束阳光透过高高的窗户照进屋内，好似与这个季节无甚关联。那束光灰暗、冰冷，仿佛直接从永恒的时间球中发射出来。整个十二月，他们都在档案馆中工作，由于怕失火，偌大的档案馆里没有供暖，这让他们吃尽了苦头。一切都被冻住了：一张张桌子，一页页文件，还有他们的手指，由于搁在纸上的缘故，他们的手指冻得像铅一样。就连在正中央的大厅里也没有生火，人们称中央大厅为"大圆顶"，因为大厅有个高耸的穹顶。只有高官才在这里工作，只有在汇报研究成果时，不同分队的主管才难得被叫来这里。档案馆馆长古尔特老爷长期待在"大圆顶"里，据说每隔三个月，皇帝本人都会单独召见他，不过没人知道原因。

"大圆顶"中没有某个省份的具体档案。这里只有概括性的总结材料，一些在全国都有法律效力的法令（有时甚至永久有效），还有废除文化和语言的说明，以及适用于所有民族的去民族化教程。通常，进入到"大圆顶"的档案既没有数字，也没有姓名和日期，因为这些档案上只会记载已是既成事实的事情，与之相关的，也都是些过去的事。往后，这些档案也只能给人们提供一些方法、手段或风格的参照罢了，有的有用，有的没用。

对各民族实施去民族化进程，是中央档案馆的核心任务。无论是整体去民族化，还是部分去民族化，都必须依照古老而神秘的"咔－咔"学说来进行。这一学说遵循五条原则：第一，消灭叛乱行为；第二，消灭叛乱思想；第三，消灭或割除文化、艺术及习俗；第四，消灭或损毁语言；第五，消灭或削弱民族记忆。

其中，最短的是消灭叛乱行为那句，换句话说，就是直截了当地发动战争，而最长的要数消灭语言那句，按新的叫法，人们也称其为"反语言"。

在一个笨重的青铜柜子里，存放着厚厚一叠已经灭亡的语言的档案，档案里大多数页面的内容都被小心翼翼地删去了。被批准删除的有词汇、语法和句法规则，陆续被删除的，还有关于这门语言濒危和灭绝的记载，最后被删除的，是字母表中的字母，这是一门书面语言最后的挣扎，而后，这门语言就灭亡了。紧接着，又开始了另一个更漫长、更痛苦的过程，那就是消灭口头语言，这一过程包括好几个阶段。比如，最后一个阶段是消灭这门语言的最后孤岛，也就是那些老妇人。人们发现，一门语言在女人身上存活得更久，尤其是在当了母亲的女人身上。接着，当这门语言被从大地上清除之后，老妇人的数量也日渐减少。她们就像古老的骨灰坛子，依旧装着自身的遗骸化作的灰烬。在某本登记簿上，她们被登记为"语言的"遗老，并被永久监视，直至去世。至此，消灭语言的过程，或者说反语言的过程才算彻底完成。

这项历时百年的进程被详细记录在档案馆的档案中。档案里记载着这项进程的时限、成就与不足，总之一切都记录在册，除了被消灭的语言本身。在数万页的档案里，没有留下灭亡语言的任何踪迹、任何词语，甚至连一个词缀也没留下。之所以要将灭亡语言中最微小的组成部分也删除得一干二净，是为了排除这门语言复活的任何可能。

很长一段时间内，对于是否需要保存被消灭语言的文献，有两种对立的观点。有人建议，至少应该在帝国档案馆里单独保留一份灭亡语言的档案。相反，其他人则坚持认为，灭亡语言对谁都再无任何用处，而且保留档案的做法有使其死灰复燃的危险。最终，后者占了上风。在古老的编年史中，他们发现了一门语言死而复生的记载，编年史家称其为"语言中的基督"[①]。他们写道："我们无从解释，一门灭亡已久的语言如何能够重新出现在世上。"说这门语言的人遭到了追捕，最终，他们在逃进沼泽地的时候被擒获，带上镣铐，溃不成军，可他们拒绝交代，或者压根儿就说不出是在哪发现的这门语言，这门被废止的语言。国家档案馆展开了漫长的搜索工作，所有在"大圆顶"工作的人，但凡名字出现在官员名单上，都逐一受到了审查，所有职员的往来行踪也不例外，然而却一无所获。这个谜一直没被解开。"以上就是这个无法解释的现象的来龙去脉，"

---

① 耶稣基督在死后第三天复活，故有此比喻。

编年史家们写道。很长一段时间,这段回忆让他们心有余悸,身心都不得安宁。

凭借手中的这页史料,要求彻底销毁灭亡语言文献的人们最终不费吹灰之力,在这轮持续了将近十年之久的论战中大获全胜。

不过有关灭亡语言的档案很少,年代通常又很古老。即使是在"咔-咔"学说盛行的年代,消灭一门语言也被视为一场辉煌的胜利;参与消灭语言的政府部门受到了称赞,部门中的官员也被授予了勋章,升了官。可自那以后,许多事都起了变化。尽管民族灭绝的学说仍然存在,但有很长一段时间,其中的许多段落都不再被施行。帝国的各大机关满足于小打小闹的胜利,却照样觉得这些胜利举足轻重。即便反语言的工作只完成了一半,也照样被视作一场胜利。这项工作从阻断一门语言的正常发展着手,先削弱这门语言,使其变得如同智力发育迟缓的孩子,再继续对其进行损毁。在一份档案中,记载了一门语言逐步被毁的全过程:词汇表中的词语就像秋天的树叶,日渐稀少,却被年复一年地比对,语法残缺不堪,词缀尤其是前缀越来越少,句子结构也变得冗赘。渐渐地,这门语言变得越来越繁冗,就像一个结巴说出的话。这样一门语言变得几乎毫无用处,因为它失去了创作诗歌、故事和传说的天赋,就好比一个被切除了子宫的女人。上一代人充其量能用它写一段编年史传给下一代，而且枯燥乏味，缺乏逻辑和连贯性，以至于经不起时间的考验。

至此，语言消灭过程中的一个主要阶段就算完成了。随后便进入了下一个阶段：冷却阶段。在这一阶段中，语言起先变得混乱、癫狂，直至陷入昏迷，紧接着就断了气。古老的编年史令人想起种种语言的临终之日，翻着这些史书，中央档案馆年轻的官员们反倒对那段岁月充满了向往。不过，在相关部门工作了几年之后，他们发现，别说是一门语言的灭亡了，单单是一门语言的衰老就能毁掉整整几代人的生活。好在政府对他们的要求越来越松了，有时甚至都不要求他们损毁一门语言，只要见到投降国的作家和吟游诗人放弃本民族的语言，改用官方语言写作，政府就心满意足了。

不过，撇开这些便利不谈，语言部的工作仍是档案馆里最棘手的差事，部里的官员都想方设法被调往去民族化部。

去民族化部是档案馆里最庞大的部门之一，下设有众多分部，分部之下还有许多分部，分管艺术、传说、音乐、壁画、服饰、婚礼、建筑、圣像、民间史诗等领域。在去民族化部的档案里，所有使用过的方法都记录在册，从弱化油画和服饰的颜色，淡化著名的阿尔巴尼亚红色,将蓝色变为亚洲蓝,使红蓝两色退化成灰色,即拉亚的颜色,到放缓乐曲的节奏,使乐曲听上去就像喝醉了酒,加重舞步,使舞者如同脚戴铁链,再到降低建筑物的高度,等等。

争论最激烈之处在于文化的去民族化。对于这一历时百年的传统,仍然有些保守的老官员连一个标点符号都不肯改变。他们坚守传统,诅咒诗歌的规则、散文的结构、红色、烟囱、白短裙①(裙褶波动起伏,仿佛对众多事物造成了威胁)、奥彬伽鞋上的绒球等等,就像诅咒一门语言的字母那样(早在三百五十年前,这项可怕仪式的规矩就被定了下来)。

其他官员则坚决要求摒弃这些过时的做法,因为这些做法既无收效,又有损于一切政府宣传的信誉。他们夜以继日地工作,找到了更精细、更复杂的新方法,然而上了年纪的官员十分固执,听到这些新方法,他们心生不屑,并以各种理由予以否决。

这支"咔-咔"部的队伍刚刚抵达阿尔巴尼亚,和任何一支头一回被派往叛乱区的队伍一样,他们唯一的任务就是研究消灭叛乱思想的方法。就算专家们惊讶地发现,阿尔巴尼亚一反常理,果真设立了"咔-咔"

---

① 阿尔巴尼亚传统男性服饰,为白色带褶的短裙。

制,这支队伍也只会负责和叛乱有关的事。不过,队伍里不乏各类专家,这倒也好理解。几年中,"咔–咔"制的设立只停留在初始阶段,也就是消灭叛乱思想的阶段,撇开这一事实不谈,假如真的设立了"咔–咔"制,其他阶段的专家——就算并非不可或缺——也有必要在场,原因很简单,"咔–咔"制的所有后续阶段都或多或少与消灭叛乱思想有关。倘若如专家们所料,"咔–咔"制并未真正设立,倘若派他们来的目的只是做宣传,那就更有必要展现一支人员齐备的队伍,营造出一种恐怖的种子即将撒满阿尔巴尼亚大地的印象。

无论如何,他们都很清楚,头几个星期只会做些准备工作。他们最多写上一篇论叛乱思想之状况的文章,再就根除叛乱思想的方法提上几点初步的建议,附在文章后面。

档案馆里的这类档案数不胜数。档案里记载着叛乱发端的不同形式(比起那些极罕见的疾病,一场叛乱的初期症状要容易察觉得多),以及叛乱发展的不同阶段:初期的迅猛发展,全面暴乱的白热化,疲乏期,溃败期,镇压期,还有镇压期过后,由大屠杀和其他措施引发的军事冲突。就在镇压叛乱之后,消灭叛乱思想的紧张工作随之而来,少则几周,多则几个月、几年,有时甚至得花上数十年、数百年的时间。这项任务令人绝望,往往看不到任何希望,参与者们常常在任务完成之前就已经筋疲力尽。消除叛乱思想关乎学说中的其他阶段,尤其与文化的去民族化和削弱民族记忆息息相关。

说起削弱民族记忆,有个一直以来都争论不休的问题:反语言和反记忆这两个步骤,应该先完成哪一步?有些人固执地认为,只有在语言消失之后,才能进行削弱和毁灭记忆的可怕步骤;相反,另一些人则表示,倘若一个民族的集体记忆不被预先抹去,这个民族的语言就不会灭亡。遇上这种情形,两派人一如既往地各执一词,于是当局采取了一个折中的办法:两个步骤同时进行。在人们看来,这样的争论倒没什么要紧,只要不影响到"咔-咔"学说的主要目标:毁灭——这才是该学说真正的终极目标。镇压叛乱、根除叛乱思想、文化的去民族化、反语言和反记忆,这前五个阶段不过是在为毁灭阶段做准备,毁灭阶段也被称作"绝对零点"。从名字上可以大致看出,"绝对零点"就是要把一个民族国家从地球表面上消灭。这个叫法也可以用"领土化"一词来表达,因为这个词道出了要义所在:即从一个民族国家沦为一片领土。除了气候、地形、云和风,这片土地上再无其他特别之处。从严格意义上说,这片土地已经沦为"帝国领土",倘或有人提起某段往事,哪怕模糊不清,像个遥远的梦,人们都会视其为妄想症，并把那个患病的人送进精神病院。

这一切都逐条记录在古老而神秘的"咔-咔"学说里。没人知道这一学说产生的确切年代，只知道是什么人、什么机构编写的。至于"咔-咔"这个名字的由来，那就更加扑朔迷离了；一些人认为，这两个音节不过是某个全称的残骸。人们猜想，这两个音节能让人联想起那些在去民族化省的上空飞舞的乌鸦，以及乌鸦的叫声："咔-咔，哪个民族还活在世上，咔-咔，这个民族在哪儿？"当然，人们承认这个猜想有些病态，但由于找不到别的解释，这个解释也就被普遍接受了。

撇开这些不着边的猜想，"咔-咔"学说本身倒是条理清晰、一丝不苟，学说的实行也容不得半点偏差。但凡从一个阶段进入另一个阶段，都必须由皇帝亲自签发特别法令。整个过程容不得任何疏忽，也容不得有任何一个阶段，不经上级检查就视作完工。有的省始终都处于去民族化的第一阶段。而在其他一些省，去民族化的进程却像螃蟹似的，不进反退。所以九十年前，当颁布了三百四十年的全面去民族化法令在阿尔巴尼亚被废除时，人们觉得，部分去民族化就足以消灭叛乱思想。近日来，甚至有人建议，干脆连消灭叛乱思想也放弃得了，只需武力镇压叛乱就够了。不过，在众人鄙夷的目光中，这一建议遭到了拒绝。在一次特别会议上，伊斯兰长老说:"叛乱思想现在不除,将来被除的就是咱们自己。"

事实上,在有些高官看来,不仅应该摒弃"咔-咔"学说中的许多段落,还应该想想,在边疆地区凭借武力,保留几只阿尔巴尼亚省这样的"猛虎",帝国到底是得是失。历经百年的超级大国是否因过度扩张而臃肿不堪?是不是应该想办法减轻负担?

这都是些私房话,只有在私密的沙龙里才能听到,队伍里刚来的几个人可以证实这一点。他们还知道,当其他人身处炉火边,待在妻子身旁,面前放着一杯拉克酒①时,都会说些什么,也知道人们在一顶大帐篷里会唠叨些什么。这顶帐篷远在数千公里之外的古老战场上,风把帐篷吹得哗哗作响,鲜血穿过大地的脉络,依旧深深地流淌在在古老的战场上,鲜血的味道依旧让部队里的士兵们陶醉。这样的部队碰上这样的天气,可就丝毫顾不得法律了。

大帐篷里渐渐没了交谈声。人们的话越来越少,如同记载着被废语言的档案那样。两个人重新将棋子放回棋盘上。那个长着玻璃面孔的男人眼蒙睡意,依旧摇摇

---

① 一种用粮食或葡萄等水果酿成的茴香味烈酒,流行于土耳其和巴尔干地区。

晃晃，好像随时都会摔倒在地，如同打碎一个花瓶，弄得整个帐篷里满是细小的碎片。

午饭后，忽尔希德帕夏没有像往常那样睡午觉。他请了银行副行长共进午餐，为了掩人耳目，他还请了总参谋部里最贪吃、最粗鲁的两位帕夏，以及档案馆特遣队的队长。整个席间，他毫不掩饰地忽视了其他三人的存在，一门心思地关注着那个金融家。这位金融家瘦瘦高高，两条高跷般的长腿交叉在桌子底下。京城里，人们对阿里的财宝是否完整产生了质疑，忽尔希德帕夏使劲浑身解数，设法从他那儿套出话来，弄清质疑从何而来，然而却一无所获。他甚至没有哪一刻觉得自己离目标稍近了些。这位金融家就像一堵不透风的墙。忽尔希德帕夏从他的眉毛下方向上看去，发现在他比例失调的身体上，长着一颗奇小无比的头，头上包着一大块头巾。头巾的褶子里，一颗卵形宝石闪闪发光，就像一只眼睛似的，一动不动，那是一颗假红宝石。整个午餐期间，正是这只怪物般的眼睛折磨着忽尔希德帕夏，仿佛这只眼睛妨碍了他与头巾下方的男人沟通。其实，忽尔希德帕夏从没见过谁的头巾会把脸遮到这个地步。渐渐地，他觉得头巾才是这位客人真正的脑袋，而他的嘴和鼻子，尤其是眼睛，都只是次要的陪衬罢了。"要和他处好关系,"忽尔希德帕夏心想,"必须先和他的头巾处好关系,和那只一动不动,如橡树子般长在头巾的褶子里的眼睛处好关系。"

他已经好长时间没吃过这么痛苦的午饭了。有时候,他甚至想把那块讨厌的头巾从金融家头上扯下来,扔在地上,然后对金融家说:"好了,现在你就剩你那双小眼睛了,你给我说说,寻找余下财宝的真正原因是什么;你们真的做了估算吗,你们真的相信还有另一部分财宝吗,又或者,你们知道,其实什么也没有,寻找财宝只是个借口……"

午餐终于结束了,忽尔希德帕夏对勤务兵说,他要去散散步。

黄昏临近。平原上覆着霜。广袤的平原稍稍溶解了帕夏脑中阴沉的思绪,接着,又将这些思绪撒落在平原上。"不,"他想,"皇上不可能这么做。在最近那封信里,他不还写道:'我的孩子,我知道,只要不把那个叛贼的脑袋给我送来,你就睡不好觉。我忠心的仆人,只要把那颗脑袋送来,我对你就别无他求了。'不,这不可能,"忽尔希德帕夏一边想,一边仔细听着脚下的霜嘎吱作响,"我打败了那个叛贼,如今,他的脑袋就在那地方放着。所有人都在谈论他。这不可能。那不过是些荒唐的猜疑,一顿如此荒唐的午餐只会助长那些猜疑。"

这会儿,夜幕已然降临。四周的天地吞噬着世间的一切苦痛。午餐的圆桌就像个圆形的噩梦,刚被焦躁不安的他画上了句点,而此时此刻,他却觉得这个噩梦离他很远。

出来散步是个明智的决定。冰霜在他脚下嘎吱作响。这是他征服的土地。土地上的嘎吱声比任何赞美之辞都更能给予他胜利的感觉。

他现在是大红人,报纸上不停地谈论他。在最近一封信中,他的朋友吉泽尔大臣给他寄来了剪报。"帝国强人"、"奥斯曼军队荣誉的革新者"、"当红将军"。他的眼睛扫过一个个响亮的标题,心中隐隐有些不安,他想,这些词用得是不是太过头了。不过没一会儿的工夫,这份顾虑便离他而去。展现在他眼前的,是庆祝胜利的官宴、典礼,还有官职的再度提升。据说大维齐尔患上了溃疡,而他的职位……或许上头真的觉得,还是阿里帕夏的财宝更加重要。找来一批像这位副行长一样阴险的人,对阿里的财宝进行估算,到底用意何在?说实在的,真不该请他来吃午餐。

天寒地冻。夜色愈发得浓了。"瓦西丽姬今天应该已经到京城了。"他想。他想象着人们好奇的神情,想象着记者们骚动不安的样子。

想到京城，他心生乡愁。记忆如同一阵暖风，从远方吹来一片帝都的夜空，伴着尖塔和穹顶上的灯火，暗淡而永恒。尖塔和穹顶之下，安睡着美丽的可汗夫人们。"我累了，"他想，"我得休息一下。"

他感到出奇地轻松畅快。

"原来，人们是这样在自然里放松身心的，"过了一会儿他想道，"不安的情绪离开人体，逃走，蒸发……尽管或许并未消失。不是有句话嘛：空气中飘荡着不安的情绪。仿佛天地会吸取人多余的悲伤，保管一阵子，把它变成大家头上的雾气，再伺机重新将其洒落。"

如果他们不相信有别的财宝存在，那为什么要做这些事呢：他设法拜托这个痛苦的想法，可这个想法却始终萦绕在他脑中，挥之不去。帕帝夏难道就不忌惮荣誉过大之人吗？报上的标题一个接一个掠过他的脑海，杂乱无章。一时间，他觉得自己仿佛在标题黑色的字母间奔跑，黑色的字母就像一个个扑鼠器。"收回我多余的荣誉吧，我的陛下！"他想，"全部收回得了，不管多余不多余，饶我一命吧！"

就连他本人都对自己内心的这声呐喊感到吃惊。"这是怎么了？"他纳闷。昏暗的平原上，他独自一人，被暮色碾碎。皇上会不会让一个举止粗野，但忠心不二的帕夏取代他，会不会……

"够了，"他想，"胆小鬼。眼下，你可是这个被征服省的主人。"

冰霜像先前那样，在他脚下嘎吱作响。

他就这样走了一阵，心中空空荡荡，徒有一副行走的躯壳，没有名姓，没有灵魂，走在这方失落的天地里，寒冬压在他的身上。

"就是这样。"他想。

"喀，喀，"霜在他身下的某处嘎吱作响，有一刻，他差点大声问道："你们想说什么？"

那位银行副行长回京城后，形形色色的信使来了又走，他们带来各类命令、消息、报告、汇报，以及各种各样的印章，这些印章等级有别，种类也各异，有机密级的，绝密级的，还有保密级别让人掉脑袋的，等等；从京城前来的还有其他官员，他们的头衔长而复杂，如同过去的刺绣品，审计署另外派了几支队伍前来清点阿里的财产，古老的私语宫也派来了使者，此外，从京城来的还有第一局的队伍，伊斯兰长老的观察员，驾着蓝色马车，也就是"梦之马车"的梦宫信使，不知因何旅行的苦行僧，以及整本整本的卷宗，其中包括各种文件、令书、法案、法令，然而在这些卷宗里，却没有一条新的指示提及了那位战败维齐尔的财宝。

忽尔希德帕夏昏昏欲睡，好像永远都不会醒来。在他眼中，世界变成了一团硕大的灰色胶质，当中有种粉色的血管似的东西在颤动。生命在周围沸腾，命令被下达了又废除，而对他来说，一切都像是做梦。

一天，他照常在晚上散步，不经意间，他的双腿在一间木屋前停了下来，屋子的门上有"塔比尔"的字样。根据规定，在所有的大型战场上，除其他各部门之外，还要有负责对梦进行收集和分类的部门。两到三名专家会负责对士兵和军官的梦进行分类。他们会惩罚那些杜撰梦境的人，然后在众多的梦里选出具有象征意义的来。有的梦以某种方式与军事行动的命运联系在了一起，这些梦便被即刻呈报给总参谋部。倘若遇到极端情况，比如第二天就要发动进攻，或是当日战事不利，那就可以直接将这些梦告知总司令。相反，具有重要政治意义的梦则被送往京城，送进大名鼎鼎的梦宫，也就是塔比尔－萨拉伊。

一般说来，忽尔希德帕夏并不关心在他军中负责梦境的部门。他成天埋头于战事地图，可以说彻底忘记了这个部门的存在，而此时此刻，看着木屋门上用天蓝色字母写成的"塔比尔"一词，他心生一股久违的好奇感。

他推开门，走了进去。屋子里有两个职员，见他进来，深深地鞠了一躬。看见忽尔希德帕夏，他们又害怕又惊讶。他们知道，就算两军交战命悬一线，帕夏也很少关心梦的事，更令他们吃惊的是，现在一切都结束了，他却在这个时候关心起梦来了。没错，此时此刻，他们虽然还活着，血液却永远凝固了。军营里，人们很少做梦，送上来的梦也大多没有价值。他们担心，如果哪回前线战败，他们的工作将遭受暴风雨般的打击。阿里死前两天，他们惊恐地发现，当天早晨的档案空空如也。于是，在鞭子的威胁下，他们强迫一整个营的人睡觉，希望能从中得到些什么；然而结果却令人失望：大多数人一个梦也没做，其他人也只在梦里看见了些无关紧要的东西。

那两个官员弯着腰站在忽尔希德帕夏面前，始终没有直起身来。

"听您吩咐，我的帕夏。"终于，其中一个人结结巴巴地说。

忽尔希德帕夏将手伸向放档案的柜子。

"有关于我的梦吗？"他问。他努力让自己的语气显得满不在乎，甚至像在开玩笑。

两个职员赶忙走到档案跟前，迅速翻开了档案。他们一边翻阅档案，一边说个没完，互相打断，这里读几行,那里读几行,嘴巴在胡子里嘀咕着什么;"一座清真寺的尖塔,几只苍蝇在周围嗡嗡叫,不,不是这个";"平原上,两匹绿色的瞎马";"不,不,等等,这是第三营的近卫军赛利姆的梦,啊,原来在这儿,咱们还没把这个梦送去总部呢,噢不,这个梦和您一点儿关系都没有,我的帕夏。我们明天就让头一个信差把这个梦送走。"

忽尔希德帕夏并没有注意他们结结巴巴的话,而是看着档案纸上他们颤抖的手指。他的脑海里浮现出梦宫天蓝色的穹顶,梦宫的信使——人们也称他们为梦使——乘着同样漆成蓝色的马车,从帝国的四面八方飞奔向梦宫。他努力搜寻有关这个怪物的回忆,却什么也记不清了。关于在梦宫不计其数的办公室里,梦是如何被神秘地制造出来的,人们又从这些梦里得到了什么预兆,人们众说纷纭……而谣传最多的当属"主梦",又叫"巴什之梦",人们从一周内所有的梦里挑选出这个梦,在一个仪式上呈给皇上。这个仪式虽然十分古老,却比较简单。有人声称,正是对某个主梦的解读,揭穿了皇上的弟弟篡位的阴谋。就连近来国外政局的变化也……

忽尔希德帕夏双手交叉,放在胸前,看着那两个职员慌手慌脚地翻阅档案。虽然身为军中的最高官员之一，可他并不了解塔比尔－萨拉伊的所有真相。他只零星地知道一些，都是朋友们告诉他的，吉泽尔大臣说的尤其多，不过，他从没把梦宫的权威当回事，也从不真的相信那些有关战争的说辞。不过有些人却十分重视这些说辞，一边是伊斯兰长老一族和退役军人，另一边是银行界人士和一部分维齐尔，他们这样做是为了扩大对塔比尔－萨拉伊的控制。

"真够惊人的，"他心想，连他自己也不知是为什么。接着，他悄无声息地走出了木屋，那两个职员甚至都没觉察到他已经离开。

他朝着平原的方向走了一会儿。平原上，天色渐暗。难道，就不会从某个地方，从帝国某个被遗忘的角落里，送来一个关于他的梦吗？如果不会，那这阵彻骨的颤抖又是怎么回事？突然，他头一次意识到，梦宫的权威是多么的盲目。

他设法将这些想法通通赶走。可走了一会儿，他又不由自主地想了起来。这些想法在他脑中缓慢地盘旋，有些遥远。夜幕降临。他努力想象着，此时此刻，夜色初上，梦使们像一颗颗蓝色的陨星，在如此广袤的帝国大地上奔向四面八方。为了这片领土的扩张，他打了一辈子的仗。

他困了。

忽尔希德帕夏喜欢沉浸在这样昏沉的状态中,直至一天结束,然而在接下来那周的周五,这种状态被突然打断了。几经转手,他收到了他的朋友吉泽尔大臣的来信。吉泽尔在信中貌似不经意地写道:"我还想不幸地告诉你,后天,宫廷第三局将有一名信差前去见你,据说他会带去一封圣旨,绝不是什么吉利的圣旨。你见到圣旨后自有分晓。智者伊本·西那①说,星空下处处是容身之所。向你致敬,倘若见到你的时候你却不能睁眼看我,我宁愿不再见你。"

忽尔希德帕夏把信放在眼前良久。他感到体内爆发了一场争斗,仿佛连体外都有所察觉。这场争斗压抑而沉闷,不同器官间发出无休止的咕噜声。器官之间丧失了正常的关系,激烈地争斗起来,肺什么也不向嘴输送,手企图直接与大脑沟通,而上颚、手指和背部通通变得麻木。接着,某种关系在各个器官之间艰难地建立起来,起初模糊不清,随后清晰起来。老实说,对他而言,眼前发生的事并非完全出乎意料。

他简单地算了算。这封信写于三天前。似乎吉泽尔急着把信尽快寄到他手上。敦吉·哈达则在昨天夜里出

---

① 中世纪波斯哲学家、医学家、自然科学家、文学家。

发。他将在两天之后抵达。所以，他有两天喘息的时间。"两天，"他想。这个想法死死地勾住他的思绪，如同一副铁钩。为期两天。两天之期。"那两天之后呢？"他问自己，一种莫名的麻木感侵入了他的身体。"两天能有什么用？"

在噼里啪啦的争吵声中，他的各个器官再度十分费力地沟通运转起来。"我有两天的时间来保住脑袋，"他想。吉泽尔跟他说得很明白："倘若见到你的时候你却不能睁眼看我，我宁愿不再见你。"这分明是在影射耻辱龛。

"两天，"他重复道，就好像只要能有点用，他就会一直这样算下去。出于自保的本能，他在心底遗憾地"哎"了一声，声音很轻："哎，时间再长点就好了！"可一分钟过后，他却觉得这个时限足够了，甚至还有点长。事实上，他开始感到两天长得可怕。他情愿没有这两天。

假如这两天只能令他更加痛苦，那要来又有何用呢？吉泽尔旁敲侧击地建议他出国，可他立马打消了这个念头。生活在欧洲，在十字架的标志之下……不，他宁愿生活在古老的皇土上，在这里，新月①黄色的光辉

---

① 伊斯兰教的象征。

如香脂般流淌，沁入大地，与其在那儿活，不如在这儿死。

他烧掉朋友的来信，走出门来。同样是那片平原，平原上覆着同样的霜，霜在他的靴子底下嘎吱作响。云朵镶着明亮的边，高高地悬在天上。"看样子，你真想拉上一堆人给你当垫背啊，你这老头可真够狠毒的，"他在心里对阿里帕夏说。他凝视着远方的地平线，自从战争打响，地平线就被雾气所笼罩。敦吉·哈达会从哪个方向来呢？他盯着远处一片开阔的区域，就好像敦吉·哈达真的会像吉卜利勒①那样，驾着饰有帝国纹章的马车破云而出。可过了一会儿，他的目光落到了那条通往京城的路上，他很纳闷，觉得诧异，这一切灾祸是怎么顺着这条纤细又悲惨的线，来到了这里。

尽管很不情愿，然而马匹、令人生厌的鞑靼人、装盐的桶子、冰雪、蜂蜜和银盘却乱七八糟地涌进了他的脑袋。然后，他想象着自己的头被夹在敦吉·哈达的腋下，奇怪的是，他并没有被吓倒，而是默默哭了起来。泪光中，他看见了一幅久违的影像，泛着光，银闪闪的，那是一个鱼头。

---

① 《古兰经》中记载的著名天使之一，众天使的领袖，负责向众先知传达安拉的启示。

他用手抹了抹两颊,擦干眼泪。"你会去很远的地方,"他对自己的头说,"你会独自上路。"他继续想象着自己的头靠在信使的皮大衣上。堂堂三尾帕夏的头夹在一个普通官员的腋下。

"不,"他说,"不会发生这种事的。"再说,到了末日审判那天,当安拉的号角响起,所有人都从坟墓中站起来的时候,他怎么找回被抛在千里之外的脑袋呢,没了脑袋,他该如何是好呢?他仿佛看见自己站立着,没有脑袋,停在一个十字路口,被争先恐后进入天国的众多死者推来搡去。他又一次在心底呐喊:"不,你不会得手的,敦吉·哈达!"

现在,于他而言,一切似乎都很简单。他快步走回帐篷,从一个小柜子里取出一张纸,写起遗嘱来。他的第一条遗愿是:第二天一早,在黎明之前直接下葬,不搞仪式。第二条遗愿是,墓穴要挖五寻①深,一拃②也不能少。第三条嘱咐有关他财产的分配。这一条费了他很长时间,令他为难的并不是留给各位亲友的那部分财产,因为这部分他很快就定了下来,令他为难的,是他留作灵魂救赎之用的那部分。也不知是为什么,他想起

---

① 旧长度单位,相当于两臂展开的距离。
② 即张开手掌后大拇指和小指两端的距离。

了年轻时见过的一座伊斯兰坟墓，那座坟墓位于一条滨海公路上，公路顺着利曼帕夏的海军基地和几片荒芜的海滩蜿蜒伸展。日后，他又在帝国各地见过许多宏伟的坟墓和陵寝，可没有一座能从他的记忆中抹去那座凄凉的坟墓给他留下的印象。墓主人是位名叫米拉霍尔的帕夏，曾是海军基地卫戍部队的司令。墓中燃着一盏长明灯，昼夜亮着，为墓主人求得灵魂的救赎。于是，他命人为他也建造一座这样的坟墓，以求灵魂得救。他在遗嘱中记下了建造坟墓所需的费用，支付守墓人报酬的费用，长明灯所需灯油的价钱……忽然间，他觉得自己陷入了生命中最后这笔账。他不知该从遗产中匀出多少钱，用以维护坟墓，并支付二百八十年、三百二十年、四百九十年，乃至六百六十年的灯油钱，啊，死亡的期限真是出奇地漫长……他觉得心乱如麻。他试图做个粗略的估计，于是在遗嘱的末尾将数字写了又擦，擦了又写，却始终没个准数。甚至当他已经将遗嘱封好，跪在小小的祈祷垫上时，也依然无法从脑海中赶走那盏在秋日的初寒里，燃于昏暗墓室中的长明灯。他有两三次都试图起身去改改遗嘱，可是他太累了。

入夜时分，帐篷周围的卫兵听见一声枪响，急忙冲进了帐篷。

从京城出发三天后,皇家信使于周二下午抵达。敦吉·哈达以惊人的速度走完了这段行程,仿佛预感到了大事不妙。不过,信使抵达的时候,忽尔希德帕夏已经入土将近四十个小时了。

车还没停稳,透过马儿膨胀的肌肉、转动的关节、口中的白沫和颈上的鬃毛,敦吉·哈达那丛黄褐色的胡子便映入眼帘。他的胡子刚刚染红,仿佛一团跳跃的火焰。

"他在哪儿?"他喊道。

从帐篷外就能猜到,忽尔希德帕夏不在里面。

"卫兵!这儿有卫兵吗?"

忽尔希德帕夏的一名卫兵从帐篷里走了出来。

"你家主人呢?"敦吉·哈达嚷道。

卫兵目光镇定。他用指头指了指天空。

"他上天堂了,阿迦①,你没听说吗?"

"我不信,"敦吉·哈达咕哝道。"无赖!"他想,"死到临头了还想跟我玩这个鬼把戏。"一时间,他大发雷霆。他打了卫兵又去打马,打得他们站都站不住,最后又打了随行的鞑靼人,鞭子在鞑靼人的背上扬起一

---

① 奥斯曼帝国时期,伊斯兰国家对文武大官或长者的尊称。

阵尘土。

发完脾气,他稍稍平静了些。他从皮包里掏出《条例》翻看,却没找到要找的部分。最后,他无意中翻到了第四章,这章论述的是"假如死刑犯在卡提尔圣旨抵达前毙命"。他把这章读了大约十遍,读到第十遍的时候,他似乎明白了些什么。

"带我去他的坟墓!"他喊道。

士兵带他来到墓地。他绕着墓地转了良久,仿佛在寻找进入墓穴的秘密入口。接着,他下令掘墓。

"哈哈!"他讥笑道。与此同时,铁锹正将泥土铲向两旁。"你以为逃得出我的掌心吗,哈哈!"

士兵们挖了许久,可依旧没见到尸首。"要是尸首被盗,"他不时喊道,"你们就倒大霉了!"士兵们解释说,根据帕夏自己的遗愿,他的遗体被埋得很深,距地面有五寻。当初他们也挺吃惊的,觉得这个想法很怪,可如今,啊,如今他们明白是为什么了……"要是找不到尸首,你们就倒大霉了!"敦吉·哈达强调说,再也不听他们辩解。

刚挖了五寻深,十字镐就撞上了棺材板。此时天还亮着,他们开始掘尸。他们将铁钩勾在死者的衣服上,再将铁钩系在绳子的一端。就这样,尸体被吊了上来,几乎折成两半,浑身是土。接着,他们将尸体抛在了墓穴周围的土堆上。敦吉·哈达站在一旁,挥了两下土耳其弯刀,将头从尸体上砍了下来,毫不担心弄脏自己,或是弄脏死者的脑袋。

当天夜里,他便启程回京了。

第七章　在边疆与中心之间

咔－咔

　　皇家信使的马车以疯狂的速度吞食着道路。敦吉·哈达不时将头伸出车门，提醒随从，他们迟到了。忽尔希德帕夏的头和身体连在一起，在地底无忧无虑地度过了四十个小时。根据条例第四章的规定，他至少得把这四十个小时追回来一半。

　　荒芜的平原在敦吉·哈达的眼前绵延伸展，他注视着平原，心里盘算着，假如路上不搞演出的话，可以争取多少时间。这可不容易计算，更何况他也没法估计走了多少路，原因很简单：和所有去民族化地区的情况一样，在这条他们走了几个小时的路上，沿途的界碑都没有编号。

　　去民族化地区包括第二、第六和第七区。这几个区没有别的名字，在所有的官方文书中，它们都被数字所指代。按照"咔－咔"学说的步骤,这几个地区都实现了领土化。一个个村庄和城镇散布在高原上,有的坐落在平缓的山坡上,有的则位于平坦地带。皇家公路笔直延伸,一副百无聊赖的样子,沿途是一座座凝固的城市和村庄。城里乡间的路上,人们身着灰衣,说起话来断断续续,就像患了中风似的。

这里的人们不再有属于自己的语言,也不再有属于自己的习俗、服饰、婚礼、舞蹈、文字、历史、纪年或传说。他们被掠夺得一干二净。他们的记忆被一点点蚕食,一切都被抹除,如同一片被风摧残了数千个世纪的平原,终成一片寸草不生的荒野,只剩下座座沙丘,单调地移向远方,越来越远。沙浪起伏,勾勒出噩梦的形状。

其实,他们的一生似乎都被离奇地卷进了一个又一个螺旋,这些螺旋并无出路,却无法逃脱。许多年来,这些螺旋让他们丧失了时空观念,强加给他们某种静止的状态,如同一个原地的回旋,将年份、日期、名字,以及他们生命中一切具体的东西通通消灭,代之以某种无名的物质。这种物质黏稠、柔软而又滑腻,没有棱角,没有凹凸,永远一副浑圆的形状,遥远而模糊。

去民族化的过程从服饰到语言无所不包。拿服饰来说,除了不能有颜色之外,还不能有扣子、口袋、领子、花边以及所有破坏衣服单调感的东西（根据"咔－咔"学说的规定，领土化地区的服饰式样应当与野兽皮或者人皮相仿），而语言的结构就像那团星云，模糊不清。说这门语言的人死后，人们便用一门帝国上下广泛普及的语言取而代之。这是一门极其贫瘠的语言。有棱有角的词被剔除，形容词很少见，缺少习语、谚语、大数字、基数词等等，而在动词系统里，每个动词都有反义词。不过这门语言并不像其他语言里那样，只有动词才有反义词，比方说，构成—不构成，做—不做，等等；在这门语言中，反义词构成了一个完整的系统。所以，人们用起反义词来非常自然，例如，生命—非生命，时间—非时间，地点—非地点，等等。此外，人们不说某个人死了，而说他枯萎了，不说他被杀了，而说他被毁了。

创造这样一种穿着、说话，乃至思考的方式，并强加给领土化的国家，是为了向这些国家一代又一代的后人灌输绝对静止的观念，是为了使他们坚信：过去如此，将来亦是如此，那些认为有些事情变了样的人都是疯子，而那些企图有所改变的人更是疯子。

第二和第六省被彻底去民族化已经有二百九十年了；而第七省则是新近征服的：经过一个世纪的衰微，这里的语言终于在最近消亡了。按照"咔－咔"学说的规定,在"毁灭"期完成后,警务、办公和档案等大部分政府部门将从领土化地区撤离,代替他们留守的,只有几位负责宗教和行政事务的高官,主要负责收税。随着岁月的推移,他们自己也会和其他的臣民一样,逐渐忘记日期和年份,忘记一切,直到有朝一日,就连向国家交税仿佛都成了一种满足生理需要的行为。

在领土化的省份,警务和行政部门被撤除,以免让这些地区想起权力的存在,从而打扰他们安眠。最终,人们得出结论,在动乱的省份,警务部门的存在对于控制骚乱必不可少;相反,在实施了"咔-咔"制的省份,警务部门还是不出现为妙。同样的道理,中央政府认为,向领土化的省份派几个智力衰退的高官实属正常,百年来的经验证明,陷入集体沉睡的领导比觉醒的领导要有用得多,后者可能会以粗暴的手段,扰乱集体的安眠。

实施了"咔-咔"制的省份不会对帝国产生任何威胁。就算有一颗危险的种子存活了下来,那肯定也得花上数十年、数百年的时间才会发芽,花上更多的时间才会长大。对于一个由众多省份组成的大国而言,阴谋与叛乱不出两三个月就会发生,所以,实行去民族化的边疆地区自然十分重要,边疆地区的安定必须得到永久的维护。

敦吉·哈达在第二、第六和第七省之间穿行已有四个年头,中央并无人风闻他四处演出的事。有时,他会透过车窗,看着路旁多少有些遥远的城镇和村庄,仿佛一串无穷无尽的念珠。每当这时,他就觉得自己也被城镇和村庄忧郁的宁静所占据。据说许多厌倦了尔虞我诈,厌倦了政治斗争的政府和宗教界高官都十分向往领土化地区。甚至有人不惜放弃一切,去领土化地区定居,这也不是什么稀奇事,倒是他们的家人和亲友为此哀叹不已。一般而言,这些人都不会再回来。倘若在极为罕见的情况下,他们中有个人回来了,这个回来的人也会让人觉得疏远,比他的鬼魂还要遥不可及,而且,他早就彻底变了样(就连死亡都不会使孤独地躺在地底的身体发生这样的改变),成了令所有人惊诧的源泉。不过,回来的人周身散发着痛苦,其中含有一种特殊的成分。这种痛苦狡诈、虚伪、阴险。他们既非生也非死,既不明智也不疯癫,与人既不亲近也不疏远。就好比让牛奶变质的酸味,他的到来只会把生活的方方面面和各种关系通通搅乱。他比怪物还叫人害怕,因为从某种意义上说,他已经收到了死亡的一笔预付款,对死亡有了某种认识,而这对其他人来说是完全陌生的。可以说,除了死亡之外,在他身上还有某种来自虚无境、缥缈国的东西,他也因而获得了一种阴暗的、催眠的,甚至骇人的力量。喧嚣中,他就像一场在光天化日之下游走的噩梦，有时又像个身患神秘疾病之人，威胁说要将病传染给周身万物，对人类造成昏睡之伤，给建筑物留下沉睡之痕。

一路上，敦吉·哈达的目光一下也没离开过车窗。他了解眼前这片死亡，它乔装成平原的模样，上面散落着草垛和没有烟囱的棚屋。他是少数几个能够进入这片平原的人之一，掌握着平原的某些秘密。

每次穿越这片沉睡的国土时，敦吉·哈达的脑海中都下意识地浮现出别的地区，在那些地区，一切都与实行"咔－咔"制的地方相反。出现在他脑海中的是设立了"例外状态"的省份，过去，这些省被称作"混乱之地"，敦吉·哈达曾在执行任务的途中去过。每当马车驶过这些省，尽管他的护卫身强体壮，他却不敢在任何地方停车，甚至不敢将头伸出车窗，而演出的事他更是想都不敢想。

出于种种原因，这些危险的省份不能交予军队裁决，设立极度恐怖制度，即长者们口中的"哈拉姆"制，也不能让中央档案馆来管理，实施"咔－咔"制。由于这两种可能性都被否决了，所以这些地区就被委托给了内政部第一局，由该局负责设立"例外状态"。

第一局的办公地在一幢靠近中央档案馆的高大建筑内。局里的官员们清楚，政府将最贫瘠的地区、最棘手的省交给了他们来管理，极度恐怖制在这些省毫无收效，就连"咔－咔"制也束手无策。（其中，有的省两种制度都试过，却都以失败告终）第一局的创始人名叫乌鲁吉，是个颇具传奇色彩的苦行僧。在写给皇上的奏折中，他开篇就点明了日后第一局的职责要义所在。"在那些不爱钱财又不惧刀刃，不怕毒药又不食蜜糖，无视恐吓又不纳奉承，连面对生死都无动于衷的省份，就用那句古老的圣语来处理吧：当一半吞噬了另一半，整体便不复存在。"

在这幢高大的棕色建筑里，无数官员没日没夜地工作。这里制造出了民族内部的大规模冲突，制造出了一次次争端、数百年的敌对关系、族间仇杀，还有沙文主义的歇斯底里。这里也引发了方言的诞生，宗教、语言和风俗的分裂，一次次惨烈的挑衅，等等。

实行"例外状态"的省份终日活在恐惧当中，活在纷争、混乱、争端和噩梦之中。这些省支离破碎、遍体鳞伤，成了恣意放纵的剧场，流血狂欢的所在。途径这些省区的人都会觉得头皮发麻。所以，老一辈称其为"混乱之地"不无道理。

一旦愤怒之火稍稍平息，第一局便忙着火上浇油。他们翻阅老旧的资料，吸取经验，重燃愤怒之火。

据计算，经过二十年到二十五年的努力，这些省就会彻底筋疲力尽，自发地渴望沉睡。这时，第一局便把这些省交给中央档案馆，让档案馆的人向它们张开"咔－咔"制的怀抱。

敦吉·哈达是少数能在"例外状态"地区和领土化地区之间作出比较的人之一。在争端之地上，从服饰的颜色到语言，一切都炽热、疯狂而冲动，每个地方的服饰都不尽相同，语言也依每个省的喜好而五花八门，这里的人用鼻子出声，那里的人用喉咙讲话，而在别处，人们说话的方式也千奇百怪，足见说话人有多么疯狂。房屋的形状、仪式（有的人把丧葬仪式当婚礼仪式来用；有的人则出于赌气，将婚礼仪式当丧葬仪式来用）、舞蹈、娱乐和歌曲也一样。就拿歌曲来说，在许多省，人们为了激怒邻居，会把歌唱得像狗在吼叫，或像啄木鸟刺耳的叫声，而不像一首歌。分裂仍在继续，无止无休，一切都在分裂，方言、宗教、牧场、韵律规则；所有人都在互相争吵，互揪胡须，互相残杀，烧毁邻居的房舍；诗人们用最古怪的方法写诗，诗行或颠倒，或竖直，或绕圈；集市上，人们举行奇怪的比赛，比如看谁吐痰吐得最远，而到了星期天或者赶集的日子，则会爆发一场集体混战，谁也想不起来混战因何而起，最终，这场混战以大规模死伤而告终。

由于酒精饮料的出售，这一切狂暴的行为变得更加肆无忌惮。在实行"咔-咔"制的地区，出售的永远是令人昏昏欲睡的印度大麻，这里的居民从小就把它当茶喝；而在实行"例外状态"的地区，人们则大量消费咖啡、烧酒、大麻，以及刺激性的饮料。这些饮料令人极度兴奋，使人因为一点小事而找人吵架，面色惨白，极具攻击性。上回，一群狂热分子毁了敦吉·哈达的车，他们无法将车掀翻，于是就朝车上泼了硫酸。

每当他的马车即将驶离那些如锅炉般沸腾的地区时，他就在心里低声说："但愿以后再也别来这个鬼地方！"比起这片沸腾的地狱，死一般沉睡的"咔-咔"王国要好上一千倍。

透过车窗玻璃，敦吉·哈达凝视着窗外的一马平川，凝视着凄凉的丛林和碎石堆。"无论如何，在这儿要好上一千倍，"他一边重复，一边尽力不让自己打瞌睡。"这儿的人在等我，"他想，"或许我是他们唯一要等的人，其他人他们谁也不等，从不，从不……"

冬日里，一座座村镇毫无生气，悲伤地展开在大地上。事实上，整整几周、几季的时间，村里镇上的居民都期待着敦吉·哈达染得火红的胡子重新燃烧在雪地上。居民们的生命就像一团萎靡不振的凝胶，一抔腐叶聚成的黑土，纯粹只是活着而已。在他们的生命中，偶尔会有一颗砍下的人头，如同某个新物种的胚胎或幼虫般蠕动。在当地的语言里,砍下的人头被称作"非头"。

某个月的某天下午,不知是何季节,自然也不知是何年(人们只知道那天很冷,仅此而已),一个人远道而来。来人是个古怪的信差,胸前和马鞍上都有皇室的纹章。这人有个提议,他要免费给他们看样东西。他们扭头看去,原来,那是个人头。接着,信差就走了,什么也没对他们说,他们也没和信差说一句话。过了段时间,也不知是为什么,他们开始感到一种奇怪的痛苦。这种痛苦就是等待。他们不太理解这种感觉,在他们的语言里,甚至没有这个词的存在。

那颗人头在他们心中搅起了波澜。在他们幽暗的记忆中,有什么东西在动,轻轻地、偷偷地、深深地,仿佛身陷井底,怎么也上不来。

第二回,信差只给他们看了一小会儿人头,不过对人头作了一番说明。"这是一位帕夏的脑袋。"他说。不过对村民们而言,这绝对是件不可思议的事。他们花了好长时间才让自己相信,一个帕夏居然会掉脑袋。

第三回,他们的眼睛直勾勾地盯着信差的皮包,出卖了他们迫切的心情。信差注意到了这一点,于是便找他们要钱。就这样,他们开始付钱观看人头。

从那时起,断头成了一个圆点,从此,他们的生命之线就系在这个点上。一个个断头变成了数字、符号、界碑，最终变成了某种历法。事情开始围绕断头展开：这种情况出现在人们看到那颗老人头的时期，或者是在看到那颗结霜的人头之后不久。渐渐地，断头成了天上的符号，好比月食和日食，甚至不止是天上的符号，因为与此同时，断头也与大地密不可分。有的人头隔开了两个季节（据他们说，有的事一定要在两个季节之间进行，这样才能把季节分开）；有的人头到来时下起了第二场雪，有的人头到来时则刮起了风。

后来，这些断头竟然捕获了女人的芳心，"金发帕夏"的头便是如此；再后来，人们先是询问："这些头都是在哪儿被砍的？"接着才问："为什么要砍他们的头？"第二个问题问得很迟，很迟。在他们的思维中，叛乱乃至造反都是不可思议的事，不过敦吉·哈达还是尽力向他们稍作解释，以便让演出更加诱人。对他来说，尤其困难的是让他们大致了解行政级别，这样他们才能明白，为什么根据断头的不同等级，演出的价格也会有所变化。最后，他们还是有些长进，甚至开始讨价还价，还要求看级别更高的人头。不过，敦吉·哈达可谓精于此道：他会连续消失好几个礼拜，威胁说不再给他们看演出，而当村民们手中的灯笼发出黄色的光，星星点点地散落在雪地里时，他却快马加鞭，沿着黑漆漆的道路疾驰而去。

在数天乃至数周的时间里,有些人始终没能体会到等待的感觉,他们觉得自己中了断头的圈套。砍下的人头就像一个沉入井底的铁钩,在一切早已溺水身亡的东西上游荡,游进人们深层的集体记忆,游过枯萎的民谣、锈迹斑斑的英雄诗,以及曾经的战争时节。断头与这一切擦肩而过,仅仅是为了确保它们还在,还阴森森地待在井底,然而却始终无法勾住点东西,从井底带上来。面对断头,众人一动不动,双眼圆睁,身体僵直,感到心底爆发了一场无声的神秘战斗,那是一股焦虑不安的情绪,是一种哀怨的呻吟,呻吟声随处流淌,烙上了悲伤的印记。这是在梦中才会遭遇的悲伤,如同极其稀有的矿藏,只有在深深的地底才能找到。

敦吉·哈达走后,村民们成天神情呆滞。一种可怕的麻木感在整个村子里蔓延开来,一座座村庄就像患上了癫痫。虽然人头已随着敦吉·哈达橄榄色的马车远去,可事实上,人头的模样却久久留在他们心中。人头就像被仍在黑土地里的包菜,在他们的脑子里到处生长。有这样一片土地,那里的人们揭竿而起,然后丢了脑袋。那是一片饱受折磨的土地。那片土地的名字叫阿尔巴尼亚①,翻译过来大意是"鹰之国"。在这片孕育

---

① 原文为阿尔巴尼亚语。

雄鹰的土地上，鹰羽却被血浸染，在风中飘荡，在暴风雨中飞扬，唉……

　　一天早晨，人们发现第六省的一个农民躺在自家茅屋的地上，肚腹贴地，衣衫破烂，披头散发，满脸都是自己用指甲抓出的血痕。他还活着，却无法解释自己为什么这样做。过了一会儿，他挣扎着给出解释，可他本身就说得含糊不清，听者更是摸不着头脑。人们大概了解到，这个人整夜都在揪扯自己，场面混乱，惨不忍睹，比和自己的肺、神经和血管较劲还要可怕。他试图对昨晚的事作出解释，于是便与脑中的词语打斗起来；那些词语笨重、可怖，根深蒂固，可他却想将它们连根拔起，重新排列整齐，这实属难事。"啊，多难呐！"他呻吟着，伸出了血淋淋的指甲，仿佛他就是用指甲将那些词拔了起来，"唉，这几乎不可能，我险些把灵魂都给搭上了！"

　　人们听啊听啊，然后耸耸肩，低着头离开了。又来了一拨人，他们眼看那个人行将就木，说不出是谁伤了自己，于是也和头一拨人一样，唉声叹气地走了。他们怎么也猜不到，在最后一批民谣灭亡近三百年之后，这个人头一次尝试谱写一支民谣。

第八章　帝国的中心

终

敦吉·哈达从七号门进了京城，此时午夜将近。守卫口中骂骂咧咧，打开了厚重的门扇。他们借着灯笼的微光，查看敦吉·哈达的证件。刚看清，他们便不再发牢骚。

"又是一颗脑袋，"其中一个守卫说。此时，信差的车已然吱吱嘎嘎地远去在城市深处。"又会出什么事呢？"

"有什么可大惊小怪的？你没看报吗？"另一人答道。

此刻，信差的车继续行驶在京城沉睡的街道上，发出巨大的声响。黑暗中，一座座政府大楼的高墙仿佛朝街上微微倾斜。仅有几盏提灯，微弱地照亮一扇扇铁门，照亮门上人手形状的把手，以及门上的锁孔。锁孔的后面是一排排走廊，阴暗的走廊寂静、荒芜，在二月的寒夜中延伸开去。据说，走廊的虚空会像一股黑色的液体，不时从锁孔中渗出。

在一阵震耳欲聋的响声中，马车驶过奥斯曼帝国的新月广场，沿着高耸的银行大厦和凄凉的外交部大楼前行。向东远望，月亮初升，托克马可汗柱在月下显出轮廓。一束光照在圆柱上，甚是诡异。人们说，这束光就像一个声音，隐隐地哭泣，从头到脚浸湿了圆柱。敦吉·哈达的额头几乎贴在了冰凉的车窗上，还没看见耻辱龛，他便于半明半暗中辨认出了守卫壁龛的哨兵所持的长矛。"阿里应该还在那儿。"他想。

每当他执行完任务，于夜里回到京城时，周身总会一阵哆嗦，直达心底，引得他牙齿打战。一扇扇紧锁的门，以及门上漆黑的、仿佛流淌着生命的锁孔，缓缓地将这阵颤动传到了他身上……谁知道他不在的这段时间发生了什么？他总是感觉，当他执行任务时，会有什么糟糕的事情发生在他身上。比方说，人们会指责他把时间给耽搁了，或者听闻他演出的事。又或者，厄运干脆无缘无故地找上门来，仅仅因为他不在京城。

马车沿着一幢铁皮屋顶的建筑前行，这幢楼阴森可怖，是伊斯兰长老的府邸。楼外的围墙仿佛将车轮的声响吸了进去，又满怀愤怒地吐出来，吐在敦吉·哈达的头上。敦吉·哈达心头发紧,眼贴玻璃,望着高耸的政府大楼一幢接一幢闪过。半明半暗中,幢幢高楼叫人害怕。他看见了战争部令人生畏的青铜圆顶。接着,第四局的栅栏映入眼帘,栅栏后边的建筑望不到边。而监狱这个"被诅咒的庭院"则伸展着长长的院墙,离塔比尔·萨拉伊的穹顶不远。马车沿着审计署长方形的高楼开了一会儿,车轮嘎吱作响。据说,在审计署的登记簿上,记载着帝国上下所有的动产和不动产,从最微不足道的到最重要的,全都记录在案。也不知是什么原因,敦吉·哈达叹了口气。他曾经听说,登记簿上的每件物品都被编了号,不论是一间旅馆、一块平原、一座坟墓、一棵橄榄苗还是一整片海。橄榄树、平原和大海都有编号。敦吉·哈达又叹了口气,这口气叹得更深。每当他为帝国的伟大所折服时,都忍不住这样叹气。只有在执行完任务归来的夜晚,才最能体会到帝国的伟大。

  他辨认出了奥斯曼之灵神庙,接着是海军司令部西边的角落,紧随其后的是第一局六层高的大楼。座座大楼悉数展现在眼前,仿佛一直矗立于此,还将永远矗立下去,就像一个个笨重的石磨,片刻不停地碾磨。"安拉,你是如何造物的啊!"敦吉·哈达想。他把帝国想象成了无数个石磨,有的大有的小,都在艰难地转动,无止无休,在重力的作用下碾碎一切。

"真没想到，在那个遥远的地方……"他想笑，想哈哈大笑……"是的，在那个遥远的地方，某片高原上，一群阿尔巴尼亚人……哈哈！……想撼动……哈哈！这台无情的机器！"

要不是身在京城，敦吉·哈达真会哈哈大笑。而此刻，京城道路两旁的围墙却向他袭来，仿佛要碰到他的双鬓。"在那个遥远的地方，"他第三次重复道。"那里有匈牙利人、阿尔巴尼亚人、塞尔维亚人、希腊人、克罗地亚人、罗马尼亚人，还有许多其他非伊斯兰民族。那个地方很远……"一股焦虑感从那个地方远道而来，混沌而模糊，偷偷潜入了他的意识。

执行任务的旅途十分漫长，他日夜兼程，飞驰在百年帝国广袤无垠的大地上。途中，他渐渐熟悉了这种痛苦的感觉。州、省和帕夏辖区一个接一个延伸开来。那里住着帝国各民族的人民，他们各居一方水土，命运也不尽相同。一个个行政区如同秋日满天的星辰，数不胜数，模糊朦胧，难以掌控，遥不可及，用自身冷漠的空间遮盖了一切。每当敦吉·哈达如风般穿行其间时，大大小小的行政区都令他蜷成一团，窝在马车深处。有时，看着各民族的居所，他会觉得所有的建筑，包括建筑上的石柱和穹顶，都仿佛是孩子的玩具。尽管这样的瞬间十分短暂——事后，他大可嘲笑自己怯懦，就像嘲笑从噩梦中惊醒的自己一样——尽管他一靠近京城,这份苦涩的痛苦就随之消散,可不知从何时起,这种痛苦却愈发强烈起来。

事实上,正是这股焦虑感阻止了敦吉·哈达在夜里"哈哈!"大笑。

他擦去车窗上因呵气凝成的水雾,试图弄清他们走在哪条街上,然而却是白费工夫。

最终,马车在一幢房子前停了下来。房主名叫艾弗勒诺兹,是个主治医师,也是宫廷礼宾司的成员。按规矩,倘若人头在深夜到来,必须即刻叫醒主治医师,以免耽搁片刻的准备时间。

一个鞑靼人从外面猛地敲了敲门。这是一扇橡木门,很沉,有金属板加固。和其他官员家的房子一样,门一侧的墙上有一盏锻铁灯笼。

敦吉·哈达下车走了走,以便让麻木的双腿恢复知觉。屋内没有一丝光亮透出,那个鞑靼人又敲了敲门。敦吉·哈达发现地上有张破报纸。他弯下腰,捡起报纸,试图借着灯笼苍白的光读一读。他的目光落在了一条圣旨上,圣旨宣布了对忽尔希德帕夏的处罚。不过他眼睛犯疼,只能东看看西瞧瞧,艰难地读到几个孤立的词。圣旨里说,忽尔希德帕夏将阿里的财宝据为了己有。

鞑靼人第三次敲响了门。敦吉·哈达的眼睛一直在疼，他在社交新闻版发现了阿里的遗孀瓦西丽姬的名字。下方有一行小字标题，预测铜价会下跌。

门后终于传来了一个声音：

"谁啊？"

"政府官员，想见艾弗勒诺兹医生。"敦吉·哈达喊道。

"他不在。"那个声音说。

"别蒙人！"敦吉·哈达吼道，"赶紧喊他起来！事关重大。"

透过窗户上的金属网，屋内那个声音坚持说，房子的主人不在家。敦吉·哈达最后才得知，晚饭后，医生应邀到朋友家去了。屋里的人给了他地址，于是他便登上马车，找医生去了。

此时将近凌晨一点。在沉睡的城中，车轮压过马路发出的嘎吱声愈发响亮。敦吉·哈达把手放在了皮包上。"你能想到，有一天你会这样来京城吗？"他在脑子里对那颗断头说，"你本该骑着白马，在音乐声中凯旋而归，人们也本该发表演讲向你致敬，而如今，你却在包里放着。""在包里，"过了一会儿他想，"我穿过一扇又一扇门，最终把你交到理应交付的人手里。啊，安拉！"

医生朋友家临街的一面很暗，不过，花园里的某个地方却有光在闪动。两个鞑靼人轮流敲门。终于来了个人，把门打开了。这个人有些醉了，起先没太明白来人所为何事，后来他似乎明白了，于是就去找艾弗勒诺兹。不过，他兴许在上楼梯的时候把这事给忘了，因为过了好几分钟都没人出现。最后，敦吉推开了那扇醉汉忘关的门，走进了屋子。

他上了楼，穿过两条冷冰冰的、彼此相连的长廊，最终来到一扇玻璃门前。这扇门对着一间房，房间的地上铺着地毯，摆着柔软的沙发。透过门，他看见了房子的主人和宾客，他们坐在壁炉两旁，壁炉里的柴火烧得噼啪直响。

医生认出了玻璃门后面的那张脸，于是喊道："我亲爱的敦吉·哈达，进来认识一下我的朋友们吧！"

敦吉·哈达摇摇头拒绝了。他走到艾弗勒诺兹面前，在他耳边低声说了几句。在场的其他人有些害怕，他们纳闷，这个突然出现在他们中间，满身白灰，幽灵一般的人是谁。

"喝杯拉克酒吧，老爷。"一个人声音腼腆地说，仿佛是为了确认这个不速之客真的是个活人。

敦吉·哈达甚至连头都没回。主治医师终于明白了他的意思，于是清醒了一会儿，叫人拿来了外套。

走廊里一阵响动。玻璃门后，只留下熊熊的火焰、宾客们脸上微微扭曲的光亮，以及阵阵私语：谁会这个点来找艾弗勒诺兹，疯了吧？准是某个维齐尔。对，对，一定是政府里的人。

"咱们得去喊醒毒药师，取些香脂材料。"说着，艾弗勒诺兹上了车。

敦吉·哈达没有回应。"但愿人人都按规章办事，"他想。他分内的职责是从帝国的边疆带回人头。其他人只需负责剩下的事情就行了。叫醒毒药师之后，还要叫醒礼宾司司长，安放人头的时候他也必须在场。"他们只要让所有人集合就行了，"想到这里，敦吉·哈达的自尊心受到了刺激和触动。在这颗人头面前装神弄鬼容易得很，而独自将它带回来则完全是另一码事。严冬时节，穿越百里，筋疲力尽，最终在离地面五寻的地下找到那个要找的人！

一个鞑靼人固执地敲着毒药师家的门。

"尽管来吧，毒药师，你也一样，糖渍师，想来就来吧，不过，你们和敦吉·哈达对着干简直是不自量力！"他在心里默默地说。他格外焦躁，每回安放人头的时候他都这样，尤其是当他担心这套程序会给他惹麻烦时，他更是烦躁得很。他经常因此惹上麻烦。验收人头的人会抱怨人头的脸色不好，皮肤有擦伤，尤其是皮肉太硬。在执行任务的过程中，每个人都拼命撇清一切责任，毫不顾忌下一个责任人的死活。

毒药师手里拎着一个大包上了车，就像喝醉了似的。

"去礼宾司司长家，"敦吉·哈达和主治医师几乎异口同声地说。主治医师缩了缩身子，给刚上车的毒药师腾了个地方。"现在，我们要去把你也给喊醒，我的宝贝。"敦吉·哈达想。

马车在夜里行驶，声音就像拖在地上的铁链。毒药师的头从前晃到后，又从后晃到前。他准是又睡着了。"醒醒，"敦吉·哈达有大喊的冲动，"从你的柔梦中醒醒吧，高官老爷，来看看我带给你的人头包菜吧！"可是想到交付人头的时候可能会有麻烦，这股冲动便立马烟消云散了。

"笃笃"，鞑靼人敲响了礼宾司司长家又高又窄的门。

敦吉·哈达把手放在了皮包上。"我的帕夏，你有没有想过再次见到京城时会是这副模样？"他又一次想，"我带着你穿过一扇扇门，敲敲这儿，敲敲那儿，咱们来瞧一瞧，人们会不会接受你！"

他感到一丝惋惜，不过是病态的惋惜。

礼宾司司长终于出了门。他高大瘦削，睡眼惺忪。

这股睡意似乎浸湿了他头巾边缘垂落的白发。

他上了车。马车摇摇晃晃地向礼宾司进发,那是验收人头的地方。附近一个广场的大钟敲了两下。

马车又驶入了一条两旁耸立着政府大楼的街道。印令宫。伊斯兰学院。敦吉·哈达打起了寒战。他的右手边出现了某幢建筑的一侧翼楼。那幢建筑很笨重,如同撒上了一层铅粉。那是历经百年的私语宫。

每当沿着这幢建筑前行时,尽管很不情愿,但敦吉·哈达都会下意识地缩成一团。人们绝不会知道,一想到有关自己的传闻从演出的地区传到了京城,他就浑身发抖。有时候,他觉得流言一定传到了这里,只不过他运气好,这条流言被遗忘在了档案中的某个角落,遗忘在了成千上万条其他的流言和闲话中。其中有些流言是人们刚刚出口的低语,犹在耳畔,而有些闲话则由来已久,由数百万张嘴道出,说什么的都有。

敦吉·哈达没有转动脖子,他觉得那幢阴森建筑的围墙依然矗立在马车右边。"那幢楼里什么都有,我的老天,"他想。他的手触到了包。"一定也有关于你的流言,我的帕夏。"

敦吉·哈达仿佛听见了那些流言发出的嗡嗡声,于是抖得更加剧烈了。这阵颤抖有一部分源自于大地深处,源自于裹着石头头巾的坟墓和陵寝深处,因为据说在私语宫的档案里,八百年来所有的私语都记录在案,无论是谁说的,也不管是在哪儿说的。

最终,敦吉·哈达将额头靠在车门的窗玻璃上,喘了口气,放松了下来。那幢建筑被留在了他们身后,一同被留下的,还有那幢建筑发出的嗡嗡声。那声音遍布于成千上万份档案里,就像散落在一片无边的荒原中。"哎呀,帝国真是吵死人了,"私语宫的长官,依兹古尔鲁老爷说。这位老爷的右耳长期患有耳疾,每次右耳犯病的时候,他都这么说。

"愿你有朝一日变成聋子!"敦吉·哈达在心里祝愿道,然后又把手放在了包上。"或许,你的厄运就源自这里吧,我的帕夏?"

车上没有点灯,就这样穿过了几条狭窄的街巷。直到车在礼宾司门前停下,所有人包括信差手中的皮包都进了门,敦吉·哈达才忘掉了私语宫。他方才感到的那股隐隐的怒火又卷土重来。验收人头的过程十分缓慢。工作人员对人头的状况表示不满,尽管敦吉·哈达冲着他们挥舞挖掘笔录,以证明人头在地下待了四十八个小时,可他们似乎并不相信,而是继续细心地检查这位前任帕夏双颊上的皮肤,他们将一盏灯移近人头的眼睛,发出一阵叹息。

最后,双方达成了一致:人头被接收了,不过挖掘笔录被附在了验收笔录的后边。验收笔录中记下了人头所有的变质现象，而在这些记录的旁边都标着：见笔录附件。

一切完毕后，敦吉·哈达将一份笔录复本放进口袋，由礼宾司司长陪着，回家去了。艾弗勒诺兹和毒药师则留在司里，照管人头。

马车将二人送到了各自家门前，礼宾司司长先到，敦吉·哈达后到。"啊，结束了，"后者说着，跨过了自家的门槛。没有欢呼，没有鼓点，只听见夜里的寥寥几声门响，只看见皮包从一扇门被送往另一扇门。

敦吉·哈达家四周被花园环绕。月光照在扁桃树的枯枝上，枯枝覆着霜，银闪闪的。这光亮明净而清晰，来自天上，来自人的双手和灵魂都无法企及的地方。

敦吉·哈达在原地愣了片刻，眼睛凝视着这幅霜雪绣成的织品。他筋疲力尽，不想动弹，只想在原地多待一会儿。在他放松身心的同时，一股空虚感随之而来，就像一个切除了肿瘤的病人似的。他明白原因何在，继而深呼吸了几口气，觉得脑袋轻松了许多。"这会儿，艾弗勒诺兹和毒药师正在给你梳妆打扮，为你准备婚礼呢。"他在心里对那颗人头说。扁桃树枝上铺着白霜，发出宝石般冷漠的光。

他觉得，如水的月华洗去了他身上的死亡污迹。末了,他从绵羊皮背心的口袋里取出钥匙,缓缓打开了家门。他立马感到了一股热气。屋里很暗。

"敦吉,是你吗?"他妻子低声问道,嗓音有些颤抖。

"是我。"他用耳语般大小的声音答道。

过了两秒,妻子的身影出现在卧室的门框中,她穿着一件长长的白色睡衣。

敦吉·哈达握住了她的手。

"怎么样,路上还顺利吗?"妻子问。

"挺顺利的。你呢,家里还好吗?孩子们怎么样?"

"孩子们很好。"

妻子有些感冒,这更加重了她声音中的热度。

"京城里都发生了些什么事?"他问。

"前天有人喊你去老兵之家,"她说,"不知是为什么。"

"别的呢?有什么新闻吗?"

"新闻?上流社会里,到处都在议论瓦西丽姬,就是阿里的遗孀。似乎她已经拒绝两次求婚了。不过,昨天听马克布尔可汗夫人说,她不是个美人儿。"

"嗯,没别的了吗?"

"别的?不,没别的了,"她说,"啊,对了,倒是有件事。吉泽尔帕夏的星星似乎正变得暗淡。"

"真的?"

"是贾库帕夏的女儿昨天对我的女裁缝说的。"

"总之,你还是别对任何人说为妙。"他说着,脱下了制服。

"那当然,"她说,"我干吗要说呢?你想洗个澡吗?"

"好。"

"浴室里有热水。我去给你拿衣服。"

天刚暖和了些,立马就下起了细雨。雨中,无数人你推我搡地走向广场,去看忽尔希德帕夏的人头。头天晚上,这位帕夏还是个红人。就在几天之前,人们还在议论他,并热衷于做出各种猜测,他们各执一词,甚至你争我吵,简直要毁了两年、五年,甚至二十年的老交情,而这一切全都与打了胜仗的帕夏有关,与他未来的仕途有关。有的人预测他会成为战争大臣,有的人觉得他会是鲁米利亚的贝伊莱尔贝伊,其他少数人则固执地认为,他会成为大维齐尔。当然,有人对这一切都表示怀疑,也有人摇摇头表示不解,最后,在众多的猜测当中,他们要么信这个,要么信那个。不过,这些猜测把忽尔希德帕夏所有可能的位置都想遍了,却唯独漏了一个:耻辱龛。

或许正是人们普遍的失落感,令广场上大部分闲逛的人都产生了一种独特的精神状态，正如天气的突变那样，让所有人都打起了喷嚏，眼睛发红，鼻涕直流，把所有人都变成了同一副模样。与往常一样，人群中有记者，有各大使馆的官员，有蒙面的女子，有各种凑热闹的人，还有靠小道消息为生的商贩。人们大多面朝壁龛，他们的身体、手肘、膝盖和双脚则推来搡去，相互碰撞，满怀恶意。画家赛菲尔照常来到壁龛前作画。拥挤的人群中，他看见画架的支脚移动了好几回，活像昆虫脆弱的腿。

壁龛底下，新任的守卫一动不动地站着。他身材矮小，眉毛浓密，一副方下巴透着苦相，似乎他的肩也是方的，整个身体都是方的，就连身上穿的外套上也有方形的东西。他的眼睛始终盯着人群。由于个子矮，他必须时不时伸长脖子，才能看到人群中心的情况，而要想看到那家咖啡馆的话，他就得踮起脚尖。

咖啡馆里人满为患，连日来一直如此（店老板将"观头日"和普通的日子分了开来）。店老板的身影不时出现在桌子之间，手里拿着咖啡壶，锃亮的铜壶仿佛在笑，笑得很拘谨，就像店老板的脸。

"人呐，又古怪又记仇，"他边说边将一股咖啡倒进了一个厚重的杯子。这股咖啡越来越细，最后变成一小滴一小滴的。咖啡馆老板见这位客人没有丝毫不快的迹象，于是继续说："从墙上凿开窟窿的那天起，我就一直说：政府凿开的窟窿永远不会空着。可人们就是心眼坏，不可救药。"他观察着客人的脸，客人正抿着咖啡。"总会有人抬头的，不然的话，造反①这个词就不复存在了。所以，总会有头抬起，然后被砍下，而在耻辱龛中看见他们的人就会想：不，我绝不会干同样的事。他们说是这么说，可还没过一会儿，他们就像被鬼迷了心窍似的，一心想着干他们不该干的事。喏，您瞧见那个矮胖的守卫没？他才上任没几天。在他之前，另有一个守卫，名叫阿普杜拉。"

"对，确实有这么个人，他怎么样了？"客人抬眼看向店老板，终于说了句话。这个客人个子很高，很瘦，而且如果我没记错的话，还仪表堂堂。

"没错，"咖啡馆老板说，"我认识他，壁龛所有的守卫我都认识。他下班后偶尔会来喝杯咖啡，喏，就是那儿，他就坐角落里那张桌子。他看起来通情达理，为人正直，不过有一天，也就是上周六，发生了一件可怕的事情。"

"是吗？"客人说。这下，他对店主的话有了兴趣。

---

① 阿尔巴尼亚语中，"造反"一词为 kryengritje，直译即"抬头"——法译本注。

"的确发生了一件怪事,"店主接着说,"那天他正在值班,突然,这个向来随和的人面色煞白,太阳穴的血管暴起,就像一条条蚂蟥。他整个人都变了形,走了样,就像喝醉了似的,他爬上通往壁龛的木梯,对着人群吼了起来。"

"嘀!"客人说,"这可真叫人难以置信。"

"不过最可怕的,是他说的话,"咖啡馆老板继续说,"好多人都堵住了耳朵,免得因为听了他的话而被告发,其他人则逃之夭夭。"

"他说了什么?"客人问。

"噢,您问他说了什么啊,老爷!"店老板压低了声音,"他说的事情可真够恶劣的。"

"啊!是吗?"

"他辱骂政府机构,辱骂神圣的古迹,什么都骂,到最后,他用嘶哑的声音喊道:'我是叛乱分子,你们听着,砍我的头吧,把我的头砍掉,放到那儿去,就是那儿。'然后就用手指着壁龛。"

"真奇怪,"客人说,"然后呢,然后发生了什么,他真的被砍头了吗?"

咖啡馆老板沉默了一会儿,然后惊讶地盯着客人的脸。

"没有,老爷,"他冷冷地说,"这事不会发生的。

223

被砍头，头被放进耻辱龛……那是他一厢情愿。这事不会发生的。"

"那他们把他怎么样啦？"客人有些不耐烦地问，"我还就不信他会升官。"

"当然不会。他受到了法律应有的惩罚。不过绝不是被砍头，更不可能被放进耻辱龛示众。这有违一切规矩。"

"那他到底是个什么下场？"

咖啡馆老板笑了。

"什么下场？很简单，老爷。这种叛乱分子被人叫做小叛乱分子，他们会在夜里被发配去巴塔克-阿夫迪沼泽。您知道巴塔克-阿夫迪吗，就是京城西边那个？他们就在那边的一块洼地里，用一根铁丝把他绞死了。"

"噢，对了，我听人说起过这事，不过我一直以为，只有通奸的女人会被带去那里。"

"那些女人一样，也会被带去那儿，"店老板说，"不过还有一类罪犯也会被送去。这些情况在条例中都有说明。"

"这可真怪。"

"人性本恶，"咖啡馆老板接着说，不过他止住了话头，仿佛有人在喊他。隐约传来一阵刮擦声，如同一架没上油的绞车，吱吱嘎嘎地响，咖啡馆老板的耳朵立马就察觉到了这阵响动，这令客人大为吃惊。"失陪了，老爷。"店老板说。他手持咖啡壶，向一张桌子走去。一群老宣令官在那张桌子旁坐下，面色一如既往地阴沉。

不过，虽然天上仍下着细雨，单调乏味，但广场上始终挤满了人。人声嘈杂，如同绵密、厚重的雨水发出的汩汩声，大片阴沉的雨水仿佛被围在一口蓄水池里，四面都是花岗岩壁，池面盖着几块木板，池底浸着几块废铁，隐约可见其阴影。

看着忽尔希德帕夏的头，许多人想起了阿里·德·特佩雷奈，他们问："那阿里帕夏的头呢，他的头怎么样啦？""直到昨天，他的头还在这儿，我亲眼所见。""据说铜价又要上涨啦。""当然啦，肯定会涨。""阿里帕夏的头？有个苦行僧把它埋在了京城郊外。至于他的财宝，尽管费尽周折，但还是没有全部找到。""铜价不可能涨得这么快。我听说的是印度大麻要涨价。""虽说财宝没找着，可他的地产总归是藏不住的。有几百号人被派去了阿尔巴尼亚，他们带了标杆、绳索，还有各种丈量工具。阿里的地产真是够大的！""京郊有一片空地，很荒凉，他的头就被埋在那儿，埋在拜占庭时期的古城墙下。"

看样子，人群又挪动了画家赛菲尔的画架支脚，因为不仅支脚叉得很开，而且人群拥挤中，画家的画笔似乎从手中滑脱了，要不就是颜料流下来了，恰好在人头画像的脖子下方画出一道细线。由于这幅画颜色很深，所以给人的感觉就像是卡拉·忽尔希德的头被砍下后，一条黑色的血线流了下来。

"这是谁的头？"一个刚来的人问。其他人转过身，一脸惊愕："你是地球人吗？就算你没看报，难道还没听宣令官说嘛？他们可是从早到晚都在喊呢。"嘈杂声再度淹没了一切："有关阿尔巴尼亚新地位的圣旨颁布了吗？""没有，我一无所知。""今天从办公室出来的时候，我听见政府宣令官在喊，可压根儿没听见他们提阿尔巴尼亚。""好像军队接手了那里。""我不信。兴许不是这样。""甚至有人说，军人们对此很恼火。""好吧，我听说……你凑近点……我听说啊，昨天晚上，塔比尔－萨拉伊收到了一个梦，也不知是从哪儿来的……""一个梦？……""对，专家们整夜都在解梦。""嚯……你弄得我浑身哆嗦。"

傍晚时分，雨停了。夜幕将近，京城西边的天空澄澈如洗，现出一条长长的银河。

此刻，广场上依旧挤满了人。据说塔比尔－萨拉伊的一名信差从远在边疆、尘土飞扬的安那托利亚①带回了一个重要的梦。"是个什么样的梦?"广场上的人四处打听,"这个梦跟颁给阿尔巴尼亚的圣旨有关吗?"不过,谁也不知道答案。人们只知道,梦宫的大殿里,灯火通明达旦,人们由此推测,梦宫的人整夜都在解梦。"我听说,这个梦将在明天下午呈给皇上,"一个人说道,"阿尔巴尼亚的命运就靠这个梦了,信不信由你。"

人们将目光转向一处,他们觉得,帕帝夏皇的冬宫应该就在那里。他们点点头,仿佛想象得到,这个远道而来的梦预示着什么。

不过在广场上,在耻辱龛前,嘈杂声沉闷地拍打着花岗岩墙壁,什么也无法将其改变。依旧是那个遥远的国度。求求你,再给我说说吧,他们自己是怎么称呼它的。Shq……Shqye……这是个很难读的词。没错,这个词会憋在嗓子里。词的意思也很晦涩,相信我,就连我自己知道的也不确切。Shqi,Shqipre……这让人想到某种很怪的东西,某种羽毛染血的鸟,它从空中坠落,在风中,哎,在风暴中盘旋,我也不知该如何形容,啊,安拉!

---

① 安纳托利亚,又名小亚细亚,是亚洲西南部的一个半岛,位于黑海和地中海之间。

"蓝色东欧"译丛（部分书目）

第一辑

- **《石头城纪事》**（小说）
  【阿尔巴尼亚】伊斯梅尔·卡达莱 著

- **《错宴》**（小说）
  【阿尔巴尼亚】伊斯梅尔·卡达莱 著

- **《谁带回了杜伦迪娜》**（小说）
  【阿尔巴尼亚】伊斯梅尔·卡达莱 著

- **《石头世界》**（小说）
  【波兰】塔杜施·博罗夫斯基 著

- **《权力之图的绘制者》**（小说）
  【罗马尼亚】加布里埃尔·基富 著

- **《罗马尼亚当代抒情诗选》**（诗歌）
  【罗马尼亚】卢齐安·布拉加等 著

第二辑

- 《我的疯狂世纪》（传记）
  【捷克】伊凡·克里玛 著

- 《我的金饭碗》（小说）
  【捷克】伊凡·克里玛 著

- 《一日情人》（小说）
  【捷克】伊凡·克里玛 著

- 《终极亲密》（小说）
  【捷克】伊凡·克里玛 著

- 《等待黑暗，等待光明》（小说）
  【捷克】伊凡·克里玛 著

- 《没有圣人，没有天使》（小说）
  【捷克】伊凡·克里玛 著

- 《花园里的野蛮人》（散文）
  【波兰】兹比格涅夫·赫贝特 著

- 《带马嚼子的静物画》（散文）
  【波兰】兹比格涅夫·赫贝特 著

- 《海上迷宫》（散文）
  【波兰】兹比格涅夫·赫贝特 著

- 《父辈书》（小说）
  【匈牙利】瓦莫什·米克罗什 著

第三辑

- 《乌尔罗地》（散文）
  【波兰】切斯瓦夫·米沃什 著

- 《路边狗》（散文）
  【波兰】切斯瓦夫·米沃什 著

- 《第二空间——米沃什诗选》（诗歌）
  【波兰】切斯瓦夫·米沃什 著

- 《无止境——扎加耶夫斯基诗选》（诗歌）
  【波兰】亚当·扎加耶夫斯基 著

- 《捍卫热情》（散文）
  【波兰】亚当·扎加耶夫斯基 著

- 《索拉里斯星》（小说）
  【波兰】斯塔尼斯瓦夫·莱姆 著

- 《遗忘的梦境——查特·盖佐短篇小说精选》（小说）
  【匈牙利】查特·盖佐 著

- 《流星——卡雷尔·恰佩克哲学小说三部曲》（小说）
  【捷克】卡雷尔·恰佩克 著

- 《神殿的基石——布拉加箴言录》（箴言）
  【罗马尼亚】卢齐安·布拉加 著

- 《十亿个流浪汉，或者虚无——托马斯·萨拉蒙诗选》（诗歌）
  【斯洛文尼亚】托马斯·萨拉蒙 著

第四辑

- **《耻辱龛》**（小说）
  【阿尔巴尼亚】伊斯梅尔·卡达莱 著

- **《三孔桥》**（小说）
  【阿尔巴尼亚】伊斯梅尔·卡达莱 著

- **《接班人》**（小说）
  【阿尔巴尼亚】伊斯梅尔·卡达莱 著

- **《绝对恐惧》**（小说）
  【捷克】博胡米尔·赫拉巴尔 著

- **《严密监视的列车》**（小说）
  【捷克】博胡米尔·赫拉巴尔 著

- **《雪绒花的庆典》**（小说）
  【捷克】博胡米尔·赫拉巴尔 著

- **《温柔的野蛮人》**（小说）
  【捷克】博胡米尔·赫拉巴尔 著

- **《无常的夏天》**（小说）
  【捷克】弗拉迪斯拉夫·万楚拉 著

- **《赫贝特诗歌精选》**（诗歌）
  【波兰】兹比格涅夫·赫贝特 著

- **《垃圾日》**（小说）
  【匈牙利】马利亚什·贝拉 著

· 部分书名为暂定，以出版时为准 ·